れんげ荘物語

しあわせの輪

群ようこ

角川春樹事務所

しあわせの輪

れんげ荘物語

装画　濵　佳江
装幀　藤田知子

1

「キョウコさん、お正月にケイとレイナが帰ってくるの。久しぶりだし、よかったら来ない？」

クリスマス前に義姉《あね》からはずんだ声で電話がかかってきた。二人と会えるのは、母の納骨式以来なので、キョウコは一も二もなく、

「本当？　それじゃ行こうかな」

と返事をした。

「よかった。じゃあ、一日の午前中に来て」

「おせちの準備とかあるでしょう？　私でお手伝いできることがあったら、やるけれど」

といったものの、自信を持って作れるおせち料理などひとつもなかった。それでも少し

でもお手伝いができたらと考えていると、彼女は笑いながら、

「おせちは今回は料亭のを頼んだの。昔はお目付役がいたから、ちゃんと作っていたんだけど、その方はあちらの世界に移られたので、もう夫婦二人になったら、何もしなくなっちゃった」

といった。塗りの重箱にきっちりと詰められた料理は美しいが、あれをひとつひとつ丁寧に作るとなったら、よほど料理が好きな人でない限り、相当な労力を使うのではないか。義姉も母が生きているときは、いろいろと辛《つら》いことがあったのだろうなと、あらためて申し訳なくなった。

「そうよね、作りたければ作ればいいけれど、無理して作るようなものでもないしね」

労《いたわ》るつもりでそういうと、

「そうなの、そうなのよ」

と力強く彼女はいった。そして突然、大きな鼻息が聞こえてきた。くくくと義姉が笑っている声も聞こえる。

「あら、あなたは誰《だれ》ですか？　こんにちは」

そう声をかけると、鼻息の主は、ふがふがと鼻を鳴らしながら、

「んなあ」

と小さな声で返事をした。

「トラコです。こんにちはっていわないと」

義姉の声も聞こえる。

「トラコさん、元気ですか？」

「んっ、んっ、うにゃあ」

「そうですか、それはよかったです」

そして、ふごふごという音しか聞こえなくなった。

「もういいの？　ご挨拶《あいさつ》済んだの？」

義姉の声がして、

「あん」

と大きなひと声が聞こえた後、ふごふご音も聞こえなくなった。

「キョウコさんに挨拶したかったみたい。何かいってるんだけど、それがよくわからない

のよねえ。わかれば面白いんだけど。話し好きだから、あれこれ、こちらを見ながら話しかけてくるんだけど、こっちは『ああ、そう、そうなの』って、相づちを打つだけなのよ。それでもいいたいことをいうと、気が済んだらしくて、とことこ歩いていっちゃうから、トラコさんにしたら、それでいいみたいなんだけど」

「いっていることを、知りたいような知りたくないような、ですよね」

「そうなのよ。『パパさんは使えないわね。あんなことしてたわよ』なんて、いってたとしたら、飼い主として身も蓋《ふた》もないわ」

「でも、いいそうなんですよね」

「絶対に私たちを冷静に観察してるわ」

とにかく家でのヒエラルキーは、トップが義姉とトラコさん、その下にグウちゃんとチャコちゃん、その下が兄になっているので、おネコさまたちに甘い兄を、トラコさんがうまくこき使っているのは間違いなさそうだ。義姉は、おネコさまたちに対して、

「それはだめ」

ときっぱりという厳しい面もあるが、兄は、

「どうしようかなあ、困ったなあ」

とぐずぐずしながら、結局はおネコさまたちのおねだりを全部聞いてしまう。それをいいことに、ネコたちは上手に甘えて御飯やおやつを多めにせしめているのだ。

「もしかしたら、ケイくんやレイナちゃんも、おネコさまと今回が初対面？」

「そうなのよ。二人とも私たちに会うよりも、そっちのほうが楽しみみたい。ふふっ」

それでも義姉はうれしそうだった。

「では、そのなかに、私も交ぜていただきます」

電話を切った後、何の手土産を持っていこうかと、キョウコはあれこれ考えた。

そう思いながら大晦日《おおみそか》になってしまい、思い立っていつもの生花店に行ってみた。午後三時までの営業時間のぎりぎりに間に合い、店内に飾ってあった、お正月用のアレンジメントに目が留まった。こぢんまりとしているが、松、千両、菊でアレンジされていて、見るからにお正月といった雰囲気になっている。

「もうおしまいだから、サービスしますよ」

と店主が声をかけてくれた。前にもサービスしてもらったことがあって、自分が運がいいのか、それとも店主に商売っ気がないのかと、申し訳なくなった。そして帰りにおネコさまたちへのおやつのお土産も買った。

新年、冬晴れの一月一日、人間とネコさんへのお土産を抱えて、兄の家に向かった。最《も》寄《よ》り駅で降りて歩きながら、昔は町内のそこここの家に門松があったり、日の丸を掲げている家もあったなあと思い出しているうちに、ドアに小さな松飾りがある兄の家に到着した。チャイムを押すと複数の人の楽しそうな声が聞こえてきて、とてもにぎやかだ。

「はあい、今、開けまーす」

義姉の明るい声がした。ネコたちが家に来てからは、脱走防止のために、いくつかやらなければならない作業があるため、前よりもドアが開くのに時間がかかるようになった。しかしそれを待つ時間も、キョウコには楽しみだった。

「いらっしゃい。あっ、おめでとうございます。どうぞ、どうぞ」

急いでおめでとうございますと挨拶をして、キョウコが玄関の中に入ると、トラコさんが、

「にゃああ」

と大きな声で鳴きながら、廊下を走ってきた。

「あら、トラコさん。この間は電話でお話できてうれしかったわ。ありがとう」

声をかけると、トラコさんはきちんと前足を揃《そろ》えてお座りをして、キョウコの顔を見上げている。

「トラコさんもうれしかったのよね」

義姉は脱走防止の室内フェンスの位置を直しながら、キョウコを中に招き入れた。キョウコが靴を脱いでスリッパを履き、正月用のアレンジメントを彼女に渡すと、トラコさんは顔を見上げながら、うにゃうにゃと話しかけてきた。

「ああ、そうなの。今日は、お邪魔しますね。お土産も持ってきましたよ」

キョウコが声をかけると、トラコさんは、たたたーっと勢いよく走って、みんながいるらしい、リビングルームに入っていった。そこには一瞬、誰？　といいたくなるくらいに大人になった甥《おい》と姪《めい》がいた。

「おー、キョウコちゃん、久しぶり」

チャコちゃんを抱っこしたまま、ケイが立ち上がった。一人前の立派な青年になっている。ヘアスタイルに手抜きがないのは、ずっと変わりがない。

「お母さんの納骨式以来だからね。それにしても、チャコちゃん、すごいわね、その慣れ具合」

初対面のはずなのに、チャコちゃんはケイの胸元にしっかりと収まり、「私の居場所はここですから、よろしく」とアピールしている。一方、今どきのきれいな娘さんになったレイナのほうは、膝《ひざ》の上にグウちゃんが乗っているものだから立ち上がれず、ソファにすわったまま、

「キョウコちゃーん」

と手を振ってくれた。

「子どもたちが美男美女で、お兄さん、鼻が高いでしょう」

「そうかあ？　そうかなあ」

兄は照れくさそうに、床に仰向《あおむ》けに寝そべっているトラコさんのお腹《なか》を撫《な》でながらいった。レイナが友だちに家族の画像を見せたら、

「お兄さんもレイナも、お父さんにあまり似てないね。お母さんとはそっくりだけど」

といわれたと笑っていた。

「お母さんだけから生まれたんだよね、私たち」

レイナがケイに向かってそういうと、ケイは苦笑したまま何もいわず、兄は、

「いいんだ、いいんだ、トラコさんはパパがいちばん好きだもんね」

といいながら、今度は両手で仰向けになったトラコさんの体を揉《も》んでやっていた。

それにしてもネコたちが、初対面の二人に懐きすぎている。こんなに人好きだったかしらとキョウコは不思議がった。ケイとレイナが家に入ったときは、ネコたちはすぐに出てこなかったという。リビングルームで荷物の整理がてら話をしていると、そーっと先発隊のトラコさんがやってきて、陰から様子をうかがっていた。それを見た義姉が、

「あっ、昨日お話したでしょう。トラコさんたちのお兄ちゃんと、お姉ちゃんよ」

と声をかけると、そろりそろりとやってきて、二人の匂《にお》いを嗅《か》ぎ、ソファに座っている膝の上に手を置いたり、じっと顔を見上げたりしているうちに、いつの間にかずっとそばにいるようになった。

それを見たグウちゃんとチャコちゃんは、お母さんがああいうふうにリラックスしてい

るのなら大丈夫と思ったのか、ソファの上に乗ってきて、グウちゃんはレイナの手に前足でちょいちょいとちょっかいを出したり、チャコちゃんに至っては、ケイをとても気に入ったらしく、自ら彼の腕の中に入って抱っこ状態になったというのだった。兄は、初対面なのにと、ちょっと拗《す》ねていた。

「そんなことないわよ。ほら、トラコさんがお腹を見せて、パパに撫でてくれっていってるわよ」

キョウコが慰めると、

「そうだな、パパの気持ちがわかるのは、トラコさんだけだ。みんな冷たいんだ」

と愚痴をいいはじめた。

「やあねえ、お正月からそんなことといって。昔から一月一日からばたばた動いたり、愚痴をいったりすると、一年中、そうなるっていうわよ。今日は楽しく過ごしましょう」

義姉も夫を慰めた。

「愚痴じゃないんだよ。ただおれの意見を述べただけです」

「ああそうですか」

夫婦のやりとりを見ながら、ケイとレイナは顔を見合わせ、小声で、

「何をやってるんだか」

とつぶやいていた。キョウコが笑いながら見ていると、この人にも手厚く挨拶しなくちゃまずいかもと思ったのか、兄に体を揉みまくってもらって満足したトラコさんが、とことこと歩いてきた。そして、

「うにゃん」

とキョウコの顔を見上げて鳴いたかと思うと、後ろ足で立ち上がって両手を伸ばし、「抱っこして」状態になった。

「はい、わかりましたよ」

抱き上げると、ぐふぐふといいながら、顎《あご》の下を舐《な》めてきた。

「ああ、ありがと、ありがと」

抱っこしながら頬《ほお》ずりすると、もっと大きくぐふぐふが聞こえてきた。

「トラコさんも気を遣って大変だね」

ケイが笑った。

「さすがお母さん。気配りのヒトなのよ」

義姉がちょっと自慢そうにいった。

「いい子だね」

レイナが手を伸ばして抱っこされたままのトラコさんの頭を撫でてやると、ぐいっと顔を上にあげて、撫でてもらったレイナの指を舐めた。

「あらー、ありがとう。かわいい」

キョウコはそういったレイナに、トラコさんの抱っこをバトンタッチしたものだから、彼女はネコの抱っことお膝状態になった。

キョウコは調理をしている義姉に、

「お手伝いすることはないですか？」

と聞いた。

「もうお雑煮ができるから、これでおわりなの。おせちはそこにあるのを出すだけだから」

と調理台に置いてある、熨斗紙《のし》がかかり、紅白の紐《ひも》が結んである、縦横が二十五センチ、高さが二十センチほどの木箱に目をやった。

「すごい、立派な三段重」

「二人が帰ってくるから、張り切って大きいほうにしちゃったの」

義姉は話しながら、手際よく調理をし、その間にキョウコは食器棚から塗りのお椀《わん》と箸《はし》置きを取り出した。肩越しにのぞくと、そろそろお雑煮も出来上がりそうだったので、テーブル用の布巾《ふきん》で、ダイニングテーブルを拭《ふ》きはじめた。それを見たトラコさんは、

「何です？　何か食べるものが出てくるんですか？　それは私たちにも食べられるものですか？」

といいたげに、目をまん丸くして、背伸びをしてキョウコのほうを見ている。

「トラコさんたちは食べられないわねえ。あとでお土産のおやつをあげますよ」

キョウコが笑いながらいったものの、もちろんそれで引き下がるわけもなく、

「食べられるか食べられないか、私に決めさせてくださいよ」

といった表情で、キョウコと台所を交互に監視していた。それを察してグウちゃんもチャコちゃんも、抱っこよりもダイニングテーブルのほうが気になりはじめたらしく、興味

津々の表情でじっと見つめている。

「はい、どうぞ」

義姉が重箱をテーブルの上に置くと、わーっとネコたちは走っていき、ダイニングテーブルの上に飛びのった。

「こらこら、いけませんよ」

彼女が叱《しか》っても、すみませんと引き下がるようなネコたちではない。三匹とも重箱に鼻をこすりつけるようにして、匂いを嗅いでいる。

「ネコさんたち、こんなにフリーなの？」

ケイが笑った。レイナは声を上げて笑いながら動画を撮っている。

「きっとあなたたちの十分の一くらいしか、しつけられてないと思うわよ」

キョウコがそういうと、

「そんな感じがする。ここで蓋を開けたら、我々の地獄だな」

とケイはうなずいていた。

「ほら、もう、ちょっと離れてちょうだい。これからは人間たちの時間なの。ネコさんたちは降りてくださーい。あなたたちの分の鶏肉《とり》はちゃんとあるから」

トレイの上にお雑煮をのせて運んできた義姉がそういっても、ふだんからやりたい放題やらせているのだから、ちょっと叱ったくらいで、ネコたちが人間たちのいう通りにするわけがないのだ。

「ほーら、おいしいおやつ。お土産でいっぱいもらったのがあるよー」

兄がおやつのチューブを振りながら、気を惹《ひ》こうとしたが、ネコたちはちらりとも兄のほうを見ようとはしなかった。

「完全に無視されてる」

ケイがうつむいて笑った。相変わらずレイナは笑いながらスマホで撮影中である。

キョウコがお正月用の松竹梅の柄の箸置きと、おせちについている立派な祝い箸を、それぞれにセッティングし終わったとたん、チャコちゃんの目がきらりと光り、ものすごい勢いで箸と箸置きを、前足ではじき飛ばしはじめた。

「あーあーあー」

みんなで慌てて飛び散った箸や箸置きを拾っている間、チャコちゃんは、

「やった……」

と満足そうに重箱の前でぶるんぶるんと尻尾《しっぽ》を動かしている。

「お箸、新しいのを出すわね」

義姉があわてて台所に走ると、兄は、

「もう、箸置きもなしで、箸もふだん使っているのでいいんじゃないの」

と声をかけた。

「えーっ、そういうわけには……」

兄夫婦は食器棚のあちらこちらを探りはじめた。悪びれもせず、重箱の匂いを嗅ぎまくっているネコたちを眺めながら、

「きみたちは、本当にやりたい放題なんだなあ」

とケイは笑っている。レイナはすったもんだの動画が撮れて、うれしそうだった。

立派ではないが、新しい袋入りの箸が見つかったようで、兄が戻ってきた。

「ちょっと隅っこにいてちょうだい！　先にあなたたちにあげますから」

義姉にそういわれたネコたちは、さっとおとなしく移動して、じっと義姉を見つめてい

た。そこへすかさず兄が義姉のところにネコ用の食器を持っていった。それを見たネコたちは、テーブルの角で全員で前足をふみふみしながら、口々に大声で鳴きはじめた。レイナはまた笑いながら動画を撮影している。

「はい、どうぞ」

茹《ゆ》でた鶏肉を、兄がそれぞれの器に入れてもって来ると、ネコたちは前のめりになって、器の中に首を突っ込もうとする。

「待って、あげるから」

テーブル面に器が接する前に、ネコたちはものすごい勢いで食いつきはじめた。うにゃうにゃと鳴きながら食べている。

「はあ〜」

食欲が落ち着きつつあるネコたちを眺めながら、やっと人間たちは、重箱の蓋を開けた。

「わあ、きれい」

キョウコとレイナが同時に声をあげた。美しく詰められた料理がずらりと並んでいる。

「わあ、下も、全部すごい」

レイナがお重を並べながらまた声をあげると、ケイも、

「豪華だねえ」

とのぞきこんでいる。それを聞いたトラコさんは、ぐぐっと鶏肉を飲み込みながら、首を伸ばしてお重のほうを見た。

「トラコさんは、鶏のお肉に集中して」

義姉が声をかけても、お重のほうが気になってそわそわしていた。ケイが、

「全部わかる？」

とレイナに聞いた。

彼女はひとつひとつを指さしながら、数の子、あわび、栗《くり》きんとん、黒豆、ゴボウ、エビ、レンコン、イクラ、と数え上げた。

「じゃ、これは？」

兄がひとつの枡《ます》を指さすと、見たことはあるけど、名前は忘れちゃったといい、次に別の枡を指さすと首を傾《かし》げた。

「ここにあるわよ、お品書きが」

義姉がレイナに一枚の和紙を手渡した。枡とお品書きを交互に見ながら、

「そうだ、田作りっていうんだった。へえ、これは百合根《ゆりね》っていうんだ」

と感心していた。そこへそろりそろりとトラコさんが歩み寄り、料理に鼻がつかんばかりにして匂いを嗅ぎはじめた。

「あー、お鼻はつけちゃいけませんよ」

思わずキョウコが抱きかかえた。

「にゃーっ」

ちょっと抵抗していたが、首をおせちのほうにねじ曲げたまま、視線をおせちから離そうとはしなかった。

「さっき鶏肉をあげたでしょう。あれ、上等なのよ。ここにはあなたたちが食べられるものはないからね」

義姉が声をかけると、トラコさんはじーっと彼女の顔を見つめて、小さな声で、

「にゃー」

と鳴いた。

「不満そうですね。でもしょうがないのよ。あげても食べられないんだもの」

「にゃーっ」

そんなこと、私が全部調べなくてはわかりません、といっているのだなと、キョウコは理解した。その通り義姉も、

「確認しなくても大丈夫だから」

と声をかけたので、キョウコはトラコさんを抱っこしながら笑ってしまった。

「おやつは食べないの？　おばちゃん、持ってきたわよ」

トラコさんがキョウコの顔をじっと見た。

「たくさんいただいたのよ。後にしようと思ったけど、今、食べる？」

義姉がいったとたんに、兄が席を立ち、キョウコのお土産のネコ用おやつを持ってきた。

「わあああーっ」

トラコさんは大声で鳴いて、キョウコの胸を勢いよく蹴《け》って床に飛び降りた。チャコちゃん、グウちゃんものすごい勢いで走ってきた。兄はおやつの細い袋の先端を切り、三本を両手の曲げた指にうまく挟んで、三匹の口の中に同時にいれてやっていた。ネコたち

は後ろ足で立って両手で袋を持ち、一心不乱に舐めている。

「これがかわいいんだよな」

ケイはそういってスマホで録画をはじめた。もちろんレイナは彼より先にベストアングルを選んで録画中である。

「よくそんな手つきで、あげられるわね」

義姉が指の間に器用におやつの細い袋を挟んでいる兄に向かっていうと、

「マリンバ叩《たた》いているみたいだろう」

と彼が自慢した。

「何だ、それ」

ケイが笑った。

「はい、終わりました。ごちそうさま」

兄の声とほとんど同時に、三匹は前足で満足そうに顔を洗いはじめた。

「さあ、ネコさんたちも落ち着いたから、私たちもいただきましょう」

ネコがいるとこちらがやりたいことを中断せざるをえない。それもまた楽しいところではあるなと、キョウコは思った。

「お雑煮が冷めちゃったんじゃないかしら」

義姉が心配すると、兄は、

「あまり熱いものを食べると、食道に負担がかかるらしいから、まあ、いいんじゃない」

といい、ひと口汁を飲んで、

「ああ、大丈夫、大丈夫」

と食べはじめた。温め直したほうがいいのではと心配する義姉に、みんなは、

「平気、平気」

といってお雑煮を食べ、立派なおせち料理に箸を伸ばした。

「おいしいね。今まであんまりおせちっておいしいって思ったことはなかったけど」

ケイは取り皿に何種類も並べて食べている。

「そうでしょう。今年は奮発したもの」

義姉は胸を張った。兄は、

「支払い済みの控えをもらったけど、金額を見てびっくりしたよ」

といった。

「へえ、いくらだったの？」

無邪気に聞くレイナに義姉は、

「お正月からそういうことはいわないの」

とたしなめた。

さっきまで大騒ぎしていたネコたちは何をしているのかと、みんながさりげなく目で確認すると、三匹はリビングルームの日当たりのいい場所に移動して、だら〜っと横になり、グルーミングをしたり、お互いの顔を舐めたりしていた。

「やっと満足したみたいね」

「正月から大騒動だったなあ」

兄がお雑煮のお椀を手にキッチンに行き、餅《もち》を焼きはじめた。

「お父さん、おれにも」

「私にも」

子どもたちの声を聞いて、彼は、

「はいよ」

と餅を追加していた。

「キョウコさんは?」

気を遣って義姉が聞いてくれたが、

「腹回り問題があるので、自粛します」

と丁重にお断りした。

「えーっ、そうなの? そんなに太ったようには見えないけど」

義姉がいうと、レイナが、

「見えない、見えない」

という。とてもおいしいお雑煮なので誘惑に負け、

「それでは私も」

とお願いすると、兄は、

「はいよ」

と餅を追加した。ネコたちは焼いている餅の香りが漂ってきても、無関心になっていた。

兄は鍋《なべ》を火にかけ、焼けた餅を入れた。その間、みんなはおせちをつまんで、おいしいを連発した。

「やっぱり料亭のは味が違うねえ」

ケイが感心したようにつぶやいた。

「年末の二か月位前から、調理の予定を立てるんですって。ひとつずつこれだけのものを作るでしょう。バランスもあるから、いろいろと大変みたい」

「大晦日に全部、きっちりと揃えて、体裁も整えなくちゃいけないんだものね。賞味期限も気にしなくちゃいけないだろうしね」

サッカーボールを蹴ってばかりいた彼が、おせち料理について、一人前の感想を述べるようになったのかと、キョウコは感慨深かった。同時に自分は成長することもなく、老いるばかりなのかもと思った。

「お待ちどおさま」

兄が鍋を抱え、お玉を手にして、お雑煮をそれぞれの椀に追加しはじめた。

「ふだんの豚汁《とんじる》のお替わりをするのと違うんだから、もうちょっと何とかなりません？」

と義姉が苦笑した。彼が鍋とお玉を持って首を傾げていると、ケイが、

「お正月だからっていうことだよ」

と笑った。

「ああ、なるほど。みなさまのお椀をお預かりして、あっちで入れてきたほうがよかったね」

兄はえへへと笑った。みんなは、

「しょうがないなあ」

と笑いながら、量が増えた熱いお雑煮を食べはじめた。

「あら？　お餅が二つ？」

義姉が兄のお椀に目をやった。

「うん」

「ズボンのウエスト、この間も出したのを覚えてます？」

「そうだっけ」

「あら、しらばっくれて。でもいいです、お正月だから。好きな数を食べてください」

兄は口をもぐもぐさせながら、黙って義姉の顔を見上げていたが、

「大丈夫、ネコたちと運動しているから」

といった。

「ええーっ」

兄以外の全員が同時に声を上げた。

「あれは運動じゃなくて、翻弄《ほんろう》されているんだよね」

「ネコちゃんくらい、激しく動き回っていたら痩《や》せるかもしれないけど、パパはおたおたしているだけだもん」

子どもたちに突っ込まれて、兄は黙らざるをえなかった。そしてしばらく無言でお雑煮とおせちを食べていたが、満腹になったのか箸を置き、

「今年はダイエットをがんばりまーす」

と宣言して、ティッシュペーパーで口の回りを拭いた。キョウコはネコも含めた家族のなかで、兄がいちばんランクも精神年齢も下のような気がした。

ネコたちはへそ天状態で爆睡していた。

「ネコ、飼おうかな」

やっと箸を置いたケイがいった。

「お兄ちゃんはマンションを買ったんだから、飼えるでしょ」

「前は忙しかったけど、最近は休めるようになったから、もう大丈夫かなって」

「私のところはだめだな。ペット禁止だから」

レイナは残念そうにいった。

「前にリリがいたし、イヌもいいんだよね。できればイヌとネコの両方がいるといいな」

「イヌとネコが仲よくしてる動画、たくさん見るよね。あれ、かわいいね」

「それにうちのマンションの一階に、動物病院が入るらしいんだよ。それって、めちゃくちゃラッキーじゃない？」

「わあ、それいいね。めっちゃいい」

甥と姪は盛り上がっている。ネコたちは仰向けになったまま、ときおり両手足をぴくぴくさせながら、相変わらず爆睡している。

ネコ一家と兄一家に挟まれながら、キョウコはとても幸せな気持ちになった。ネコ一家が幸せそうにしているのを見ると、こちらまでうれしくなってくる。久しぶりに子どもに会った兄夫婦もとてもうれしそうだ。キョウコから見て甥も姪も非の打ち所がない。私は一人で、あの倒れそうな古アパートに住んでいるけれど十分幸せだ。でも彼らは私を見て、「幸せそうで自分もうれしくなる」と感じているだろうか。このような和みの頂点のような状況で、そんな質問を兄夫婦にすることなんてできない。義姉がいうように、正月からそんな話をするなんて、無粋の極みだろう。人間、ネコを含めて、みんなが楽しそうにしているのを見ている自分が幸せだ。それだけでいいのだと、キョウコは兄夫婦と、脱力の極みのネコたちを見ながら、心の中でうふふと笑った。

2

幸せな一家を見て、キョウコはほっとした気持ちで部屋に帰ってきた。義姉が詰めてくれたおせちの残りのおかげで、明日もちょっと豪勢な食事になるだろう。両隣のクマガイさんもチユキさんも、音がしないところをみると、どこかに出かけているらしい。チユキさんの山のえんちゃんくうちゃんも大きくなっていることだろう、そして相当、寒いに違いない。それともここで寒さに対して耐性ができていて、それほど寒く感じていないかもなどと思いつつ、幸せな気持ちでベッドに入った。

一月四日になって、チユキさんが戻ってきた。

「お正月はどこかに行っていらしたのですか」

彼女は肩に大きな綿の袋を掛け、まるで昔読んだ絵本の、大黒様のようだ。

「袋が重そうね。どうぞ畳の上に置いて。元日だけ、兄の家に行っていたの。甥や姪も珍しく帰ってきたので」

「甥御さんや姪御さんは地方でしたっけ？」

「そうなの。甥はそっちでマンションを購入したし、姪もこちらで就職しなかったのよ」

「それじゃ、ご両親は寂しいでしょうね」

「それが、タイミングよく、おネコさまが現れたから」

「ああ、なるほど、それはよかったですね」

「人間家族とネコ家族が合体して、にぎやかだったわよ」

キョウコが兄の家で起こったあれこれを話すと、チユキさんは楽しそうに笑った。

「えんちゃんもくうちゃんも、大きくなったでしょうね」

こちらが一緒に暮らしている動物の話をしたら、相手が暮らしている動物についても聞くのが、動物に関する会話のマナーである、と個人的にキョウコは考えている。

「大きくなったなんてものじゃないんですよ。脚ががしっと太くて、そのうえ山に住んでいる人間がちゃんとしつけないものだから、二人で私に飛びかかってくるんですよ。じゃれついているのはわかるんですけど。一人が飛びつくと、もう一人は遠くにいても、走ってきて力一杯、飛びついてくるんですよ。私、五回も押し倒されたんですよ」

そういいながら服の袖《そで》や裾《すそ》をまくり上げると、腕や足の打ち身の青いあざが痛々しい。

「わっ、それは大変だ」

「彼が甘やかすものだから、やりたい放題で。ちゃんとしつけてくれって、喧嘩《けんか》しちゃいましたよ」

「あら、そうなの」

「基本的なマナーはしつけておいて欲しかったって、いったんです。そうしたら、きみだって甘やかしているじゃないかっていうんですよ。でも私は、いけないことはいけないって、いいきかせてましたからね。あちらは何をやっても、いいよ、いいよで、全然、叱らないんですから」

「やってはいけないことは、ちゃんと教えないとねえ」

「そうなんですよ。私が行ったときに、もっと厳しくするべきでした」

彼女は苦々しい表情になった。

「でも、かわいいでしょ」

「ふふっ、そうなんですよお」

そういいながらスマホの動画、画像を見せてくれた。そこにはひと回りもふた回りも大きくなった、二匹の姿があった。特にくうちゃんは、お兄さんのえんちゃんよりも大きくなっていて、動画では、二匹とも満面の笑みで、家の中を走り回っている。以前よりも家の荒《すさ》み具合に拍車がかかってきているようだ。

「元気で走り回っているわねえ」

「本当に犬小屋に人間が住んでいるみたいになってきました。まあ向こうは自分たちが人間だと思っているようですけど」

わーっと声を上げながら、作務衣《さむえ》姿の彼女のパートナーがイヌたちを追いかけると、彼らはぴょんぴょんと跳ねながら、うれしそうに逃げていく。

「これは大好きな追いかけっこですね」

チユキさんは淡々と解説した。一同が姿を消してしばらくすると、わーっといいながら、パートナーが走って戻ってきた。イヌたちが満面の笑みで追いかける。危ない！　と思った瞬間に、わあっと彼女の声がして、スマホの画面が激しく揺れ、天井の映像になった。

「これは私がえんちゃんに、激突されたときです。たしか五回目です」

彼女はまた淡々と解説した。しかしその映像に突然、イヌが顔を出した。「わかった、ありがと、ありがと」と、彼女の声がする。

「悪いと思ったらしく戻ってきて、私の顔を舐めてくれたんです」

彼女はふふっと笑った。

「へえ、いいところがあるじゃない」

「自分がぶつかってしまって、私が転がったのはわかりますからね。おお、悪い悪い、っていう感じなんじゃないでしょうか」

「悪いことだとはわかってるのね」

「判断はできるようですけど、自分たちがうれしいときは、テンションがマックスになるので、こうやったら相手はどうなるかっていう判断はどこかにいっちゃうようです。そこで、私はだめだよって教えるんですけど……。某人間は何もいわないで、笑っているだけなので」

「でもご本人も襲われるでしょ」

「やめて、やめてっていいながら、うれしそうに笑ってますよ。いくら私が、子どもに進撃の巨人よばわりされた大女でも、あの二人に飛びつかれると、さすがにきついです」

「それはそうでしょうね」

動物と一緒に暮らしている家では、どこも同じかもしれないが、えんちゃん、くうちゃんは、二人の間では人間扱いになっていた。

「こんなに喜んでいるからねえ、水を差したくないっていう気持ちもあるわよね」

「そうなんです、そこなんです。うれしそうにしているのを、断ち切る感じになるのが、困っちゃうんです」

「ネコはね、子ネコのときに何もわからないから、思いきり、がぶって手に噛《か》みついたりするのよ。そのとき、『痛い！』っていうと、ここまでしたら、いけないんだなって理解するみたい。だから、痛いとか、そういった意思表示をしてみたらどうなのかしら」

「そうですね。この激突の後は、飛びつかれてないので、次の激突のときにどうなってているかですね。気を遣っているのか、そうじゃないのか」

「楽しみね、っていうのはとてもいい難《にく》いけど、えんちゃんはお兄さんだし、お兄さんが学んでくれれば、くうちゃんも真似《まね》するんじゃないのかしら」

「だといいんですけどねえ。あのヒトたちにわかるのかなあ。食べて遊んで寝ての繰り返ししかないんですから」

キョウコは、

「家で暮らしている動物ってそんなものなんじゃないの。働く牛さん、馬さんは偉いのよ」

と笑った。

「本当にそうですよね」

チユキさんは何度もうなずいた後、

「あっ、そういえば、人間関係にいろいろと進展がありました」

と明るい声になった。

何かと思ったら、これまで彼女に対して、冷たい態度をとっていたご近所の人たちの態度が和らぎ、優しく声をかけてくれるようになったという。遠くから覗《のぞ》いていたおばあさんも、手作りのものを持って、家に来るようになった。

「あら、どうしたのかしら」

「えんちゃん、くうちゃんの二人の散歩で外に出る回数が増えて、向こうも同じように散歩をしていて、お互いに顔を合わせる機会が多くなったからでしょうかね。動物同士はお互いに顔を合わせれば大喜びですからね。私は向こうが無視しても、必ず挨拶はしていましたし、そろそろ仲間に入れてやってもいいかって思ったのかも」

「地元の人たちはそれについて、何もいわないの？」

「はっきりはいわないんですけど、みなさんが共通して話していたのは、『角のじいさんが息子が住んでいる隣の県の施設に入所した』っていう話ですかねえ。私たちに対しての扱いがひどかったのですが、どうもその人が、牛耳っていたらしいんですよ。子どものときに、もし〇〇ちゃんと話したら、あんたとは口をきかないとかいう、変な子がいたじゃないですか。そういった類《たぐ》いの人だったみたいです」

「じゃあ、そのうるさい人がいなくなったので、みんな話しかけてくるようになったということ？」

「そうみたいですね。話を総合すると、そんな感じです。私たちは、あなたたちのことは、最初からとってもいい人だと思っていたって、口々にいわれて。まあそういわれても、はあ、そうですかとしかいいようがないのですが。まあ、人間関係が改善されて、よかったです。それ以来、うちへの貢ぎ物が毎日、すごいんですよ」

そういいながらチユキさんは、畳の上の大きな袋を開け、米、餅、雑穀、リンゴ、青菜、きのこ、密閉容器に入ったつぶあん、漬物などを、次々に取り出した。

「すごいわね、これ全部？」

「お土産などというものではなく、消費するのを手伝っていただきたいもの、といった感じです。とにかく量が多くて。あとでクマガイさんのところにも持っていきます」

「本当にたくさんね、ありがとう。喜んでいただきます」

そういってキョウコが頭を下げると、彼女はほっとした顔になった。

「いえいえ、いつもシャワー室をきれいにしていただいていて、本当にありがとうございます」

二人はしばらくの間、ぺこぺこと頭を下げ合っていた。

「そうだ！」

また彼女が声を上げた。今度はいったい何と顔を見ると、

「以前、道の駅で出会った、移住して農業をしているご夫婦の話をしましたよね」

という。

「うん、覚えてる。周りの人から意地悪をされているとか、いってたんじゃなかったかしら」

「そうです。その人たちとばったり道の駅で会ったんですよ。赤ちゃんも一緒だったんですけれど、女性の顔つきが別人みたいに明るく元気そうになっていて、ほっとしました」

「よかったわね。関係が改善されたのかしら」

赤ん坊が生まれたときに、夫婦だけでは大変で、仕方なく周囲の人を頼ったら、あっという間に関係がよくなったという。みんなが赤ちゃんを抱かせてくれといってかわいがったり、育児のアドバイスもしてくれて、とても親切にされるようになったらしい。それと同時に畑仕事へのアドバイスもよくしてくれるようになったというのだった。

「子どもと動物の力ってすごいわね。人間関係を変えてしまうものね」

「本当にそうです」

チユキさんは何度もうなずいた。

「うちも、もしえんちゃんやくうちゃんが来てくれなかったら、私たち、別れていたかもしれないです」

さらっと彼女がいったので、キョウコはすぐに言葉が出ず、じっと彼女の顔を見つめてしまった。

「お互いに離れていても、別にそれはそれでよかったし、拘束もしなかったわけですけど、まあ、二人ともわがままだし。私自身、畑仕事にはそれほど興味もなかったわけで。それだったら友だち関係でもいいので、二人の間に核になるものがなかったんでしょうね。それがあの二人がやってきたおかげで、生活の中心ができたっていう感じですね」

兄夫婦も、義姉の話によると、倦怠期《けんたいき》そのものだったというから、あのおネコさまたちが来てくれたことで、夫婦の生活に活気が蘇《よみがえ》ったのは間違いなかった。

「そういうタイミングになっているんでしょうね。こちらにその気がなくても、向こうからやってきてくれたんだもの」

「そうですよね。突然、やってきたっていうほうがいいのかも」

「二人を別れさせないための、天の配剤だったのかもしれないわよ」

「私たちみたいなものに、神様に気を遣っていただいて申し訳ないです」

チユキさんはふふっと笑った。そして、

「お餅はご近所のトミコさんの、つぶあんはセツコさん、漬物はヤエコさんの手作りです」

と説明し、一礼して部屋に戻っていった。地元の人たちは、たっぷり作って、それを近所にお裾分けするのだろう。これまでは避けられていたのかもしれないが、彼女たちが仲間に入れてもらえて、本当によかった。そして表情が暗かったという道の駅の夫婦にも、明るい毎日が訪れて、よかったと素直にキョウコは思った。

こんなとき、自分は歳《とし》を取ったのかなあと不思議な気持ちになる。若い頃《ころ》は自分の身近な人に喜ぶべき事柄が起こると、もちろん一緒に喜んだけれど、年を重ねるにつれて、自分とはまったく関係がない、会ったこともない人たちに対しても、いい出来事があると、よかったなあと素直に喜べるようになった。もちろんその逆で、幸せではないことが起こると、こちらもやるせない気持ちになる。これが歳を取ると丸くなるということなのかもしれない。

しかし他人に対しても、喜んであげられる性格になった自分は、成長したと喜ぶ反面、ただにこやかな優しい人間ではいたくない。理不尽なことをやっている人を見て、まあ、仕方がない、あの人たちにもどこかいいところがあるのだろう、などとは思えない。たとえばスーパーマーケットに買い物に行ったとき、支払いにもたつく人たちを見ても何とも感じないが、店員に対して横柄な態度をとるじいさんやばあさんを見ると、ものすごく腹が立ってくる。

先日もスーパーマーケットのレジで並んでいると、支払いをしていたじいさんが、突然、あっと声を上げげた。

「しいたけ買うのを忘れちゃったよ」

まあ、そういうこともあるだろうと、キョウコが見ていたら、彼はレジ係の女性に対して、

「ちょっと、あんた、あそこにあるやつ、急いで持ってきて」

と指を差して命令したのである。キョウコは腹の中で、

(元気で歩いていたんだから、自分でいきなさいよ)

と思いながら、二人の様子を眺めていた。すると一瞬、レジ係の女性ははっとした顔になり、周囲を見渡したが、あいにく他の店員さんはおらず、他のレジ係は当然、精算処理をしているので、そんな暇はない。どうしようかとびっくりしたのか、彼女がそこで立ちつくしていたら、そのじいさんは、

「とっとといけよ、ほら、あの網に入っているやつ」

と声を荒らげたのである。

(とっとといけだとお?)

キョウコはむっとして、背後から彼をにらみつけてやった。するとレジ係の女性が急いで走って売り場と往復し、

「こちらでよろしいですか」

と彼に品物を見せると、

「おうおう、早く精算してくれよ」

と怒りながら彼女を急《せ》かせた。支払いが終わった彼は、何事かぶつくさいいながら、サッカー台に移動し、台の上に品物をずらっと横に並べて、レジ袋に詰めはじめた。もちろんそれによって、他の買い物客が使えるスペースが減る。

(まったく他人のことを何も考えてないんだな)

腹が立ったキョウコは、

「そんなに物を広げて置いたら、他の方の迷惑ですよ」

といってやろうかと思ったが、腹の中で、

（うーむ）

とうなったまま、何もいってやれなかった。店の入り口に小さな段差があるので、彼がそこで足首をちょっとだけ捻《ひね》って痛くなればいいのにとは思った。

こんなことでいちいち腹を立てるのは、大人げないのだが、やはりだめなことに対しては怒りたい。しかしそれが相手に伝わらないのでは、何の意味もないような気がする。自分もこれから歳を取り、彼らと同じような年齢になったときに、同じようなことはするまいと、肝に銘じるだけだ。そういうときに、相手の機嫌も損ねず、

「そういうことはいけませんよ〜」

と伝えられる言葉の変化球が投げられるスキルがある人はうらやましい。キョウコのように直球しか投げられないタイプは、必ず相手にダメージを与えてしまう。正直いうと、こういった奴《やつ》らには、ダメージを与えてやりたいとすら思っている。

「まだまだ人間ができていませんね」

この年齢でできていないんだから、きっとこれから先もできないだろう。納得しながら、

いただいたリンゴを食べた。そして、ぶっちゃんはどうしているのかなと気になってきた。

キョウコは年末に、図書館から雑誌も含めて十五冊の本を借りてきた。そのなかの雑誌を読んでいると、アパートの外に車が駐《と》まった音がした。誌面から目を上げて様子をうかがっていると、ほどなく隣の部屋の戸が開く音がした。クマガイさんが帰ってきたらしい。これで三人揃ったなとほっとして、雑誌をめくっていた。

その雑誌は、ひとり暮らしの女性が老後をどう生きるかというテーマだった。キョウコよりも少し年上の女性たちが、自分たちの生活を公開しながら、取材を受けている。当然のことながら、キョウコのような部屋に住んでいる人は、一人もいなかった。子どもがいるが独居している人、伴侶《はんりよ》とは離別、死別、そして未婚など、彼女たちの人生は様々だった。先輩たちがそのような生活をはじめたのは、今のキョウコくらいの年齢の頃だった人がほとんどで、老後の生活を考えてだった。それに関してはキョウコのほうが先輩だった。となると、自分の老後は彼女たちよりも、ずっと長いということになる。それに気がついたキョウコは、老後のスタートがはやすぎたらしい自分を振り返って、ぎょっとした。

彼女たちはいわゆる終活を考えながらも、パートで勤めたり、趣味を持ったりして、積極的に活動している。自分のようにずっと部屋の中にいて、本を読んだりしている人はおらず、外と内とのバランスをうまく取っている人ばかりだった。キョウコも外出しないわけではないが、定期的ではない。最近は腹回りの膨張が顕著になってきたので、一日に一度は外に出て買い物がてら散歩をするようにはしているが、問題行動を起こすじいさんを見ては腹を立てているので、精神衛生上、それがいいのかどうかはわからない。雑誌を読んで、あらためて自分の老後が、とてつもなく長いのがわかった。

（どうするんだ、私）

れんげ荘の留守番役や、シャワー室の掃除やトイレの花を飾り続けるのが、仕事といえば仕事だ。クマガイさんにもチユキさんにも喜ばれてはいるが、これが社会的な活動かというとそうではない。このミニマムすぎるくらいミニマムな生活は、キョウコにとっては居心地がいいのだけれど、たまに同じ場所をぐるぐると回っているだけでは？と感じることもある。でもこれからあらためて働く気はないし、無償でもいいから人に喜んでもらえることができたらとは思っている。でもそういった自分と、じいさんが足首を捻ればいいのにと願う自分の差に、我ながら呆《あき》れるのだった。手に取る人が多かったらしく、その雑誌は角がよれよれになっていた。

次は時代小説を手に取った。父親がテレビの時代劇や時代小説が好きで、本が何冊もあったのは覚えているが、キョウコはまったく興味がなかった。それがたまたま目について、借りてきてしまった。読んでみるととても面白くて内容に引き込まれた。

しかしここで夜中まで本を読んでしまうと、何をするわけでもないが、翌日の行動に差し障りがあるので、いつもの寝る時間には読むのをやめた。歳を重ねると、人は歴史が好きになるという話を聞いたことがあるが、自分もそうなのかもしれないと思いつつ、ベッドの中に入った。隣からクマガイさんの小さなくしゃみが聞こえた。

翌朝、起きたら目がしょぼしょぼしていた。つい気合いを入れて本を読んでしまっていたらしい。ハンドタオルに湯を含ませて絞り、目の上にのせてベッドの上で横になっていた。

「はあ〜」

会社員が仕事を終えた夜ならわかるが、無職の人間が、朝っぱらから何でこんなことをしているんだと、おかしくなって笑ってしまった。その振動で目の上からタオルがずれた。

体を起こし、ラジオをつけてまたしばらくぼーっとした後、朝御飯の用意をはじめた。腹回りのために、最近は野菜をたくさんいれた具沢山の味噌汁《みそしる》と御飯にしているが、チユキさんからもらった、トミコさんのお餅があるので、御飯はなしで、味噌汁にお餅を入れることにした。お餅も朝食べたら、夜までにカロリーが消費できるだろうという魂胆である。ちゃんと搗《つ》いたお餅は、甘みがあって伸びもよくてとてもおいしいのだけれど、その分、とても恐ろしい食べ物であることがわかった。二、三個は平気でいけそうだったが、キョウコは下腹をさすりながら、ぐっとこらえた。

今日は天気がいいので、初詣《はつもうで》も兼ねて、神社にちょっと遠出の散歩をしよう。景色を見ていたら、少しは目の状態も改善されるだろうと考えていると、部屋の戸がノックされた。その前に隣の戸が開いた音がしたので、やってきたのはクマガイさんに間違いなかった。戸を開けると、彼女がイチゴを手にして立っていた。

「明けましておめでとうございます」

「あっ、おめでとうございます。今年、はじめてでしたね」

「そうなのよ。今年もよろしくお願いいたします」

「こちらこそ」

二人でお辞儀を繰り返していると、クマガイさんが、

「珍しく息子の家に行ってたの。アパートの方々にどうぞって、息子から」

とイチゴを差し出した。

「ええっ、本当ですか。まあ」

キョウコは思いがけないプレゼントにびっくりした。息子さんとは、ずいぶん前にクマガイさんが倒れたときに、一度お目にかかっただけだった。さすがにホテルマンは対応が違うなあと感心しながら、真っ赤に光り輝いている、大きなイチゴを見つめた。

「本当は息子がいうこともわかっているから、行きたくなかったんだけど。家に来いって誘われ続けているのに、いかないっていい張るのもちょっとと思って、今年は行くことにしたのよ。やっぱり同居の話をされてね、あーあ、っていう感じ」

「ご心配なんでしょうね」

「だから放《ほう》っておいてっていってるのよ。だいたいここで気ままに暮らしていたのに、向こうの生活サイクルに合わせるなんて、面倒くさいというか無理なのよ。いくら身内って

いっても、この年齢で相手の様子を気にして、折り合いをつけて暮らすのは、いやなのよ。ここが気楽でいいの」

「まだまだお元気ですしね」

「今はね。これから先はわからないけど、自分一人で何とかやっていけてるから、といってももちろん、あなたやチユキさんにお世話になっているのは十分にわかっていますので。これからもよろしくお願いします」

クマガイさんは丁寧に頭を下げて、

「チユキさんもいるわよね」

とアパートの出口のほうを指さした。

「ええ、昨日帰ってきました」

「ああそう、それはよかった。それじゃ」

彼女は小さく頭を下げてチユキさんの部屋のほうに歩いていった。

「ありがとうございました。息子さんにもどうぞよろしくお伝えください」

そういって戸を閉め、香り高く見事な粒のイチゴを眺めた。すごいな、これ、というしかなかった。息子さんはれんげ荘の住人に、母親のことをよろしくというつもりだったのに違いない。キョウコには息子さんの気持ちもクマガイさんの気持ちもよくわかった。

キョウコは幸い、兄夫婦の気持ちがすべておネコさまたちに向かっているので、同居問題からはしばし解放されているが、それが落ち着いたときに、その話が再燃するのは間違いなかった。自分も歳を取っていくので、この先、どうなるかはわからないが、クマガイさんがいうとおり、自分でできる限りは、ひとりで暮らしていきたいのだ。

その大ぶりのイチゴ二個を早速いただき、甘酸っぱさと香りにうっとりしつつ、朝のラジオを聴きながらだらだらしていると、十一時になった。少し気温が上がったせいか、キジバトがデデッポポッポーと鳴いていたり、オナガの大きな鳴き声だったり、カワラヒワのかわいらしい鳴き声が聞こえてきたりした。もちろんスズメたちもいつものように鳴き交わしている。そろそろ初詣に行こうと考えていたら、物干し場のほうで音がした。窓を開けて見てみたら、クマガイさんが洗濯物を干していた。

「チエさんが、あっ、息子の奥さんなんだけどね、泊まっている間、彼女が洗濯してくれるっていったのを断って、全部持って帰ってきたから」

といいながら、洗濯ばさみで留めつけている。

「今日は天気がいいから、洗濯物もよく乾きますね」

「そう、気持ちがいいわよね」

「私はこれから散歩に行ってきます」

「はい、いってらっしゃい」

キョウコは首を引っ込め、窓を閉めた。クマガイさんの、いくら息子の妻とはいえ、今まで交流がなかった女性に、自分の洗濯物を洗わせられない気持ちもわかるし、好意でいってくれたであろうチエさんのほうは、どうして頑《かたく》なに洗濯物を出してくれないのかなあと困っていただろう。どちらも悪くないのが、人間関係の難しさである。でも、クマガイさんが洗って欲しいと思っているのに、チエさんが無視しているよりは、ずっとましだと思いながら、キョウコは部屋を出た。

最近、散歩に出て考えるのは、どれくらい歩けば、腹回りが前に戻るかということばかりである。二十代、三十代のスタイルに戻りたいなどという、大それたことは望んでいないが、今よりもせめて五センチは細くなりたい。ところが毎日の食事がおいしい。これが困る。ある程度の年齢になったら、少し太り気味のほうが健康によいという医者もいるので、そうか、これでいいのかと安心するときもあるが、現実問題として、

「うっ、腹が……」

となるのは辛い。特にキョウコの場合は、ひんぱんに服を買えるような経済状態ではないので、持っている服を大事に着なくてはならない。しかしじわりじわりと部分的にサイズが大きくなっているので、脅威を感じているのだった。ウォーキングなら効果があるかもしれないが、キョウコのしているのは散歩なので、一時間歩き回ったとしても、消費カロリーは知れたものだ。食べないけれど、ケーキ一個分になど、とてもならないだろう。それでもまだ歩かないより、歩いたほうがいいとコートを着、マフラーを巻いて外に出た。

瞬間的にひやっとしたが、歩いていくうちにその顔に当たる冷たさが気持ちよくなり、そのうち体も温まってきた。陽《ひ》が照っているせいか、イヌの散歩をしている人も多く、小型犬のなかには厚手のフード付きコートを着ている子もいて、あの子たちにも冬のおしゃれがある。まだ松の内なので、いつもと違って、町はどこか静かで、それがちょっと不思議な感じがした。初詣をする神社までは、歩いて二十分くらいある。そこを往復して、つ

いでに周辺を散歩すれば、軽く一時間を超えるだろうとふんで、キョウコが歩いていくと、だんだん人が増えてきた。近くには店舗などもない、静かな住宅地なので、どうしたのかなと思っていたら、すべて神社にお参りをするために歩いている人たちだった。

三が日を過ぎているし、周辺の人たちは知っているが、特に有名な神社でもないので、すいているのではないかと思っていた。しかしそこには、初詣の順番を待つ大勢の人々が、境内に集まり、蛇がうねるように列を作っていた。予想とまったく違っていた光景に、呆《ぼう》然《ぜん》としていると、奥から出てきた中年女性二人が、

「さすがに二時間待ちは辛かったわね」

と話しているのを耳にして、キョウコの足は止まってしまった。たしかに境内の様子を見ても、遅々として列は進まないし、見る間に次から次へと人が後ろに並ぶので、相当な時間がかかりそうだった。

キョウコは自分の見込みの甘さにがっかりしながら、初詣は諦《あきら》めてそこから先へと足を延ばし、住宅地や小さな公園を歩き回りながら、特に目をひくものもなかった、一時間とちょっとの散歩を終えて帰ってきた。そして何度か様子をうかがいに神社まで歩き、一月

の下旬にやっと、れんげ荘のみんなと、兄夫婦、クマガイさん、チユキさんのご家族、世の中の善良な人々の安泰を願って、初詣を済ませたのだった。

3

朝、起きたらひどくはないが、喉《のど》が痛かった。キョウコは、ちょっとまずいと、思わずそこに手をやった。アレルギーはないけれど、勤めていたときは必ずといっていいほど、寒い時期に喉をやられ、会社を休んだこともあった。といっても全日休めるのは一日くらいで、あとは売薬を服用しながら、平日はだましだまし働き、土日にベッドに倒れ込むようにして寝ていた。そして残念なことに、月曜日になると、けろっと治る。どうやっても働くような体になっているのだと情けなくもあった。

会社では、

「三十八度程度の熱で、休もうなんてとんでもない」

という考え方がまかり通っていて、冬はそこいらじゅうで咳《せき》をしながら仕事をしている人が多かった。そして冬だけではなく夏も風邪を引く人が多くなり、結局、一年中みんなで風邪をひいているのだった。しかし「三十八度程度の熱」の感覚に毒されていたのか、ほとんどの人は休まなかった。立っていられないくらい、症状がひどくならないと、休んでよし、とはいわれなかった。その分、お給料はもらっていたけれど、自分の体を犠牲にして、働いていたような気がする。当時は、「元気」や「働ける」基準が、本来、健康な人として認められるものよりも、ずっと低く設定されていたのだ。

そんな現場から離れて何年も経《た》ち、これまで具合が悪くなった覚えなどほとんどなかったのに喉が痛い。

「どうして?」

とキョウコは首を傾げ、あれこれ理由を考えた結果、

「歳を取ったのね」

という結論に達した。これまではは除《の》けることができたウイルスも、年々、こちらの

抵抗力が弱くなり、以前よりも風邪に罹《かか》りやすくなったのに違いない。ここで義姉のところに、喉が痛いなどと連絡をしたら、大事になるのは明らかなので、何もいわずにおとなしくしていようと思った。

今はほとんど売っていないかもしれないが、実家から持ってきた水銀式の体温計で測ったら、幸い熱はなかった。この喉の痛みだけで、何とか終わらせたいと、キョウコは養生に入った。今までの生活自体が、養生みたいなものなのに、もう一段階するのかと考えたら、情けなくて笑うしかないけれど、こういう生活で体調を崩すというのは、相当なダメージがあるので、まず対処しなくてはならない、重要な問題だった。

軽い咳も出てきた。どうしてこうなったのかを考えると、二日前、シャワー室から部屋に戻ったときに、体のほてりが収まった後、ちょっと背中がぞくぞくしてきたので、おかしいなとは感じた。しかしそのまま寝てしまい、次の日は寒いのにいつもより長く、散歩をしていたのがまずかったらしい。

「おばちゃんは、自分の体を考えるべきだったなあ」

後悔しても、すぐに元に戻るわけでもなく、とにかくこれ以上、ひどくならないようにしようと、養生、安静を試みることにした。こまめに熱を測ってみたが、不幸中の幸いで平熱を上回ることはなかった。

喉に痛みはあるが、起きて何かをするのには支障がない。とにかく体を温めようと、生《しよう》姜《が》をすって湯の中に入れ、そこに蜂蜜《はちみつ》を少量いれて、生姜湯を作って飲んだ。ちょっと喉にしみて、思わず、

「うぃーっ」

と声が出た。

「おやじか？」

自分で自分に突っ込みを入れながら、辛さとほんのりとした甘さが心地よく、

「ああ、おいしい」

とつぶやいて飲み干した。シャワーで体が温まっているようでも、体の芯《しん》が冷えていたのかもしれない。ともかく体を温めることに専念しようと、味噌汁を作りはじめた。食欲があるのも幸いだった。里芋を多めに入れた味噌汁にして、

「あつつ、あつつ」

と食べているうちに、体がすっきりしてきた。でもまだ軽い咳が出る。お隣さんたちにも心配させないようにと、口にタオルを当てて、咳が出ていることがわからないようにしようとした。

ところがその日の昼過ぎ、クマガイさんがやってきた。

「咳をしていたでしょう。これ、飲んでみて」

「えっ、わかりましたか?」

「わかるに決まってるでしょ。ここをどこだと思ってるの? れんげ荘ですよ」

二人で顔を見合わせて笑った。

「すみません、本当に」

クマガイさんが持ってきてくれたのは、れんこんと本葛《ほんくず》でできたとろりとした飴《あめ》だった。彼女の目の前で、すぐに舐めてみたら、喉にとろりとした飴がからみつき、咳のとげとげしい感じが和らいだような気がした。

「それで効かないようだったら、薬でも何でも買ってくるからいって。食べるものはあるの? 何か買ってきてあげましょうか」

気遣ってくれる彼女に、キョウコは、

「食べるものはありますので、大丈夫です」

と返事をして、丁寧に御礼《おれい》をいい、

「もしもお願いすることがあったら、お言葉に甘えさせてください」

といって頭を下げ、部屋に戻った。

それから二時間ほどして、今度はチユキさんが来た。

「咳をしていませんでしたか？　大丈夫ですか？」

「そうなの、朝、起きたら喉が痛くって」

クマガイさんが持ってきてくれた飴で、喉が少し楽になったところだと話した。

「他には？」

「熱はないの、食欲もあるので大丈夫だと思うけれど」

「それはよかったです。食べられないと困りますものね。これ、よかったらどうぞ。前に友だちからもらったものですけど、賞味期限を見たら、まだ一年ほどあるので」

彼女が持ってきてくれたのも飴だった。「京都念慈菴《ねんじあん》」とあったので、京都の会社かと思ったら、台湾のものだった。缶の裏の漢字を追っていくと、ビワが主原料になっているらしい。

「喉が弱い友だちが、これが効くからって、くれたんです。咳が治まるといいんですけれど」

「あら、お友だちからいただいたものを、申し訳なかったわね。ありがとう」

「いいえ、どうぞお大事に。私でできることがあったら、何でもいってください」

チユキさんもそういってくれて、本当にありがたかった。

昼御飯も体を温めることを第一に考えた。まず生姜とネギを炒《いた》めて水を差し、沸かしながら安売りをしているときに買っておいたカニ缶の半分、豆腐を半丁いれた。塩、胡椒《こしょう》、少量の醬油《しょうゆ》で味をつけた後、葛粉の水溶きを入れて、とろみのあるスープにした。それをひと口飲んだとたん、また、

「ういーっ」

と声が出た。これはいけないと自分で自分を叱りながら、あまりにおいしくてあっという間に全部飲み干してしまった。喉に違和感があるときは、とろみのあるものがうれしい

のがよくわかった。食べ終わったとたん、汗がじんわりと出てきて、体が温まってきた。気がつけば咳もあまり出なくなってきた。

「よし、ここで何とか治そう」

長引かなければ、体へのダメージも少ないので、その日はシャワーは浴びず、本も読まずに早めにベッドに入った。横になりながら、

(一生懸命に働いている人ならともかく、どうして好きなだけ寝られ、好き勝手なことができる私が、こんなことになるのだろうか)

と苦笑するしかなかった。

次の日、起きたら昼前になっていた。珍しくこんこんと寝てしまい、寝覚めは爽《さわ》やかだった。いつもちゃんと睡眠時間は取れていると思っていたが、どうやら熟睡していなかったらしい。久しぶりにすっきりとした気分で起きると、喉の違和感は消えていた。クマガイさんとチユキさんがくれた飴のおかげかもしれない。会社をやめてから、体調を崩すこともなかったが、やはりウイルスは隙《すき》を狙《ねら》って人体に取りつくらしい。歳を重ねて免疫も落ちるだろうし、若いつもりでもやはり体はそれなりに歳を取っているのを痛感した。ス

トレスからも解放されたのだからと、キョウコは健康には自信を持っていたので、それが覆されて少しショックでもあった。

くしゃみがひとつ出て、鼻をかみたくなった。駅前でもらったポケットティッシュで、鼻をかんだらまたすっきりした。久々に風邪のウイルスにやられたけれど、軽く済んでよかった。会社に勤めていたときは、この程度だったら平気で、というか平気なつもりで出社していたなあと思い出した。まだ自分の体はがんばってくれているようだった。

治ったといっても、クマガイさんやチユキさんにうつしてはいけないので、両隣の部屋の戸の隙間に、

「体調がよくなりました。でもうつすと申し訳ないので、今日一日は部屋にこもります」

と書いた紙を挟んでおいた。パジャマから部屋着に着替え、顔をぬるま湯で絞ったタオルで拭き、歯ブラシだけで歯を磨いて朝食兼昼食の生姜御飯と具だくさんの味噌汁を作った。風邪気味でも食欲が落ちないのは、私の取り柄だなとうなずきながら食べた。

食べたらまた汗が出て、昨日のもやっとした感じが皆無になった。ここで調子に乗って外に出たりして、また逆戻りをするといやなので、図書館から借りてきた本のうち、根を

詰めないで済み、かつ精神衛生上よさそうな、翻訳本のネコ図鑑を、ベッドによりかかりながら眺めることにした。V字形の顔、中間的な顔、丸顔など、ネコの顔がずらっと並んでいるのを見ると、どの子もかわいくて、つい人差し指で撫でてしまう。でもキョウコはぶっちゃんみたいな、おとっつあん系の丸い顔がいちばん好きなのだ。

「ぶっちゃん、どうしてるかな」

本から目を上げて、彼の住まいの方角に目をやった。飼い主のご婦人は、シルバーカーを使っていても、年を追うごとに散歩をするのは億劫《おっくう》になってくるだろう。代わりにぶっちゃん（アンディ）を連れて、散歩に行って差し上げましょうかといいたいところだが、イヌではないのだから、それも変だ。今は寒い日もあるけれど、もう少し経ったら、散歩に出るのもいい季節になるから、また会う日もあるかもしれない。でもこのまま会えなくなるかもしれない。

「かわいいけど、他人様《ひとさま》のお宅のネコちゃんだから」

仕方がないなあと諦めつつ、図鑑のページをめくっていると、知らないネコがたくさんいた。

「この子は知ってる、あっ、名前は聞いたことがあったけれど、こんな子なのか」

と指さしながら見ていくと、マンチカンが掲載されていないのに気がついた。この本は三十年前の発行だが、それでも知らない子がいるし、当時はマンチカンは登録されていなかったようだ。

「ふーん」

こういった図鑑は、何度見ても飽きないなあと思いつつ、一週間後に返却日が来るその本を、ベッドの上に置いた。

ぼんやりしながら窓の外を眺めていたら、突然、戸がノックされ、返事をする間もなく十五センチほど開いたかと思ったら、ささっとレジ袋が置かれ、すぐにまた戸が閉まった。いったい何かと見てみると、袋の中にはいい香りを放つリンゴが三個入っていた。

「もう大丈夫そうだとわかりましたが、とりあえず」

とクマガイさんからのメモも入っていた。

「ありがとうございます！」

キョウコは大きな声で御礼をいった。

「どういたしまして」

と声が返ってきた。音が筒抜けのれんげ荘は、わざわざ出向かなくても、話ができるところが楽でいい。

「立派なリンゴ」

ずしりと重く香りのいいリンゴを手に取って、キョウコは思わずつぶやいた。近所のスーパーマーケットで売っているものではないのがすぐわかった。わざわざデパートか専門店で買ってきてくれたのに違いない。キョウコはクマガイさんの部屋に向かって頭を下げながら、いい香りの誘惑に負けて、リンゴを切った。今までは四つ割り、八つ割りにして、芯をカットし皮を剝《む》いていたが、ラジオで「スターカット」という切り方で、丸のまま横に輪切りにすると、廃棄する部分が少なく、皮ごと食べられて栄養も摂取できるといっていたので試してみた。食べやすい幅にカットして、その平たい円形のリンゴを食べてみると、たしかに皮も邪魔にならずおいしい。最初は半分だけ食べるつもりだったのに、つい一個を食べてしまった。ほどほどにひんやりとした水分が喉に心地よかった。そういえば子どものときに風邪をひくと、リンゴのすりおろしを食べたのを思い出した。これは母ではなく小学生の兄が作ってくれた。遠足のお弁当にウサギを象《かたど》ったリンゴが入っていて、これは母が作ってくれたものだった。

またぼんやりと窓の外を眺めながら、ラジオのスイッチを入れた。三寒四温の言葉どおりに、気温が不安定で寒暖差が激しく、体調を崩している人が多いといっていた。

「はい、私もそうなりました」

キョウコはうなずいた。木の上で二羽のスズメが追いかけっこをするかのように、枝から枝へ、順番に飛び移っているのがかわいい。

ラジオから流れる声を聞くとはなしに聞いていると、親の介護の話になっていた。

（うちはそういうことから、解放されたから）

そう思いながら聞いているうちに、キョウコははっとした。たしかに両親の介護はなくなったけれど、次は自分の番なのだ。ふだんはそんなことは忘れているけれど、こんな大事には至らなかった風邪でも、ひくと急に自分の健康が不安になってくる。若い頃にはそんなことなど微塵《みじん》も感じなかったのに、歳を取った証拠だろうか。

（兄には優しい義姉がいる。彼女には優しい子どもたちがいる。しかし私には誰もいない……）

それは考えてみれば、当然のことなのに、ふだんは完全に忘れ去っている、これからの重要な問題だった。

ケイが、

「キョウコちゃんの葬式は出してあげる」

といってくれたので、その点は安心だが、問題は体調が悪くなってから葬式までをどうするかである。六十歳になったら、受取金額が少なくなっても、前倒しで厚生年金をもらうつもりなので、今の貯金の取り崩し生活よりは、収入の点では少し増える。しかしそれで病気になったとき、また様々な処置を受けなくてはならなくなったとき、すべてがスムーズに進むかどうかはわからない。もしもそのときもまだれんげ荘に住んでいたら、何度もここを訪れ、区役所内で異動があったのに、また戻ってきたタナカイチロウに聞いてみればいいかとも思った。もしもれんげ荘から引っ越すような状況になっていたとしたら、まあ自治体の担当者に聞いてみればいいかと考えるようにした。

現実に起こっていることならともかく、起こっていないことをあれこれ悩んでも仕方がない。人によってはリスクマネージメントに長《た》けていて、様々な状況に応じた対処法を前もって考えていることもあるけれど、キョウコはすごいなあと感心する反面、のんきなのかもしれないが、物事が起きたときに対処すればいいのではと考えている。だいたいリスクマネージメントを真剣に考えるような性格だったら、激務であっても潰《つぶ》れる可能性はほぼなく、給料がよかった会社をやめたりしない。それなりに在籍年数もあったし、やろうと思えば仕事を手抜きする方法も知っていた。要領よく立ち回れば、適当に仕事をして年々上がっていく給料だけをもらって過ごせた。ただキョウコの場合は、自分の「もういやだ」という気持ちと給料を天秤《てんびん》にかけて、自分の気持ちのほうがずっと重くなったのでやめたのだ。

しかし次に直面する問題は、生死に関《かか》わる問題である。そんなことをいうと、兄夫婦が悲しむかもしれないが、自分は会社をやめてから、好き勝手に生きているので、手厚い看護などは求めていない。重い病気になったとしても、自分ができる範囲での治療をしてもらい、それ以上の金銭的にも高額な加療をしたら、延命できるといわれても、

「それは結構です」

と断る。それが自分が生まれて好きなように生きてきた結果だ。会社での手抜きと同じように、リスクマネージメントがきちんとしている人だったら、最悪の場合を考えて策を講じているだろう。何の策も講じていないのに、手厚くされるのを求めるのは、わがままというものだ。

「ああ、ネコがうらやましい」

キョウコはつぶやいた。飼いネコは多くの場合、優しい飼い主に看取《みと》られるだろうから、心配はないだろうけれど、外ネコの場合は、家の中に入りたいなあと思う子は、人間にそれをアピールするだろうし、その気のない子は、御飯だけもらうとか、いいところ取りをして、好きに生きていくだろう。そしてそのときが来たら、ひっそりとひと目につかないところで亡くなる。そして土に戻るのだ。どうして人間はそんなふうにできないのだろう。保険だの高度な治療だの、誰が介護をするだの、もう面倒くさいことだらけ。もうちょっと静かにすっと逝《い》けないものなのか。この世から去るときにも、様々な欲が働くのだ。だから人間だともいえるのかもしれないが。

「まあ、そのときはそのときで」

好き勝手に生きているのだし、ある程度のリスクがあるのは当然だ。孤独死も単身者なのだから当たり前だと思っているし、家族と住んでいたって、死ぬときは一人で死ぬのだから、家族がいようがいまいが、関係ないだろう。と、以前、兄夫婦にこのような自分の考えを話したら、二人が無言でとっても悲しそうな顔をしたので、それ以来、そういった話題は封印していた。

今回の風邪の件だって、たいしたことはないのに、「風邪をひいた」といったら、義姉が薬や食べ物などを山のように持って、すっとんで来たに違いない。そしてまた同居の話が再燃する。自分用にと考えてくれていた一部屋が、おネコさま部屋になったのは知っているが、他にも部屋はあるので、何とかしようとしてくれるだろう。気遣ってくれる人たちに対して、そんな態度で本当に申し訳ないとは思うのだが、自分としてはあっさりと、できる範囲のことをやって、そして静かに旅立ちたいのだ。

「気がついたら死んでいたっていうのが、いちばんいいんだけどねえ」

スズメたちが飛び立った後にやってきた、メジロの姿を目で追いながら、キョウコは苦笑まじりにつぶやいた。

翌日、見事にキョウコは復活した。まずクマガイさんの部屋に出向き、れんこんと本葛ののど飴と、立派なリンゴの御礼をいった。

「ずいぶんよくなったみたいね。一日目は大変そうだったけど、昨日は全然、咳が出なかったものね」

「そうなんですよ。いただいたのど飴が効いたのだと思います」

「だったらよかったわ。気温が不安定だとね、弱いところがやられるから。でもすごいわ。たった二、三日で治るなんて」

「働いている人たちは、それをこなしながら治すのは大変でしょうけど、私、家でぼーっとしているだけですから。寝ようと思えばいくらでも寝られるし」

「仕事で夜遅くなって、朝また定時に行かなくちゃならない人は大変よね。最近はあまり聞かなくなったけど、だいたい『過労死』なんてありえないわよね。どうしてちゃんと休ませようとしないのかしらね」

「私もそうでしたけど、誰かが『そのくらい平気だろ』っていうと、なぜか平気になっちゃうんですよね、感覚が」

「ああ、なるほどね。巻き込まれるわけね」

「巻き込まれなかった偏屈が、ここにいるというわけで」

キョウコが笑うと、クマガイさんは、

「それがなかなか決められないのよ。よく踏ん切りをつけたと感心しちゃうわ」

「会社よりも自分を選んだだけですよ。会社からしたら、私は負け犬だと思っているでしょうね」

「人生で勝った負けたなんて、やめて欲しいわよね。あっ、昔、そういう歌があったわね。あなたは知らないわよね」

クマガイさんはそういいながら歌うと、キョウコは、

「聞いたことはあります。たしか父がその歌を歌っては母に怒られていました」

「あら、どうして？」

「母は歌謡曲とか、お笑いみたいな面白いことが嫌いだったんですよ。自分を上品な人間に見せたかった人なので」

「それって上品や下品とは関係ないわよね」

「流行しているものを好きだというのが、まずだめだ、っていうことだったみたいですね」

「へええ、それは大変でしたね」

「つい歌謡曲を歌っちゃう父が、いつも怒られていて。本当にかわいそうでしたよ」

二人は笑いながらそんな話をしていた。

そこへ大黒様のような布袋を担いだチユキさんが帰ってきた。

「チユキさんもありがとう。おかげさまで今日から復活したの。いろいろとお気遣いくださって助かりました」

キョウコが頭を下げると、チユキさんは肩から大きな布袋を下ろしながら、

「あっ、よかったですね。そういえば昨日は咳をしていなかったみたいですものね」

「それ、さっき、私もいったのよ」

クマガイさんが笑った。チユキさんも、

「ここはねえ。何か隠そうと思っても、隠しきれないですからねえ」

と笑っている。

「また何かの形で恩返しをさせていただきますから」

キョウコの言葉にクマガイさんは、

「恩返しなんて、そんなのいいの。隣に住んでいたら当たり前でしょう。私が倒れたときも、みんなで助けてくれたじゃない。困ったときはお互い様だから、恩返しなんていう気持ちはやめてね」

とやんわり釘《くぎ》を刺した。

「そうですね。私にできることがあったら、やらせていただきます」

「そうそう、そんな程度でいいの。もっとリラックスしていきましょう」

クマガイさんが肩を上下させると、それを見たチユキさんが、

「リラックスするのって、結構、難しいですよね。リラックスしなくちゃっていうので、また緊張を呼ぶっていうか……」

「そうそう、休もう、休もうと思って、一生懸命に休もうとするっていう感じね」

「何も考えないで、ぼーっとすれば力も抜けるんでしょうけどねえ」

「人間というものは、余計なことをいろいろと考えるからねえ」

三人はうなずき合いながら、しばらく雑談を楽しんだ。

「それにしてもあなた、大きな荷物ね。若いから平気なのね」

クマガイさんがチユキさんの布袋に目を落とした。

「この布袋のせいか、肩が凝って仕方がないんですよ。でも一度に持ち運べるし、肩に掛けていると両手が空くので、便利がいいんですよね」

チユキさんは布袋を開けはじめた。

「何が入ってると思います？」

「おいしいものがいっぱいかしら」

クマガイさんが首を傾げると、

「まあ、そうなんですけどね……」

といいながら、チユキさんはパウチをいくつか取り出した。そこにはドイツ語とイヌの絵が描《か》いてあった。

「ああ、ワンちゃんの御飯？」

「そうなんですけど、私がついお土産に買っていったら、信じられないくらいに大喜びしちゃって。それが輸入品で山の家の近くには売ってないものだから、買って持って行くことになっちゃったんです」

「あら、大変」

「そうなんですよ。それから私とパウチがワンセットになっちゃって。これ、ちょっと値段が高いんですよ。この間行ったときに、今回はいいかと思って、持っていかなかったら、まず布袋を自分たちで首を突っ込んで開けて、このパウチがないってわかったら、二人して、というか三人で私を責めるんです」

「えっ、パートナーまで？」

「そうなんですよ。こんなにこの子たちが楽しみにしているのに、なんで買ってこなかったのかって」

そんなことをいったって、懐具合もあるわよねと、三人で文句をいっていると、

「もう地獄でしたよ。パートナーからは、『手持ちが不足しているんだったら、いってくれれば送金したのに』っていわれるし、あのヒトたちからは、ものすごく冷たい目つきでにらまれるし……」

「えっ、にらむの?」

笑いを堪《こら》えながらキョウコが聞くと、チユキさんは大きくうなずきながら、

「『なんでお前、持ってこないんだよう。おれたちがこんなに待っていたのによう』っていうような目つきで、じとーっと。おまけに名前を呼んでも来ないんですよ。それってひどくないですか」

「パウチを持ってこない人間には興味がないと」

「露骨ですよね。尻尾すら振らないで、知らんぷりしているんですから。まあ半日すれば元に戻るんですけど。その間、『次はいっぱい持ってきてあげるから、今回は我慢してちょうだいね』って、おイヌさまたちのご機嫌を取るわけですよ。最初は『ちっ、おいしいものを持ってこなかったくせに。仕方ないなあ、撫でさせてやるか』っていう感じなんですけれど、撫でているうちに、だんだん気分がよくなってくるらしくて、そうなるとまあ、目つきはよくなってくるんですけどね」

「大変だわねえ」

クマガイさんは笑っている。

「だいたい奴もあのヒトたちと一緒に文句をいうのがおかしいんですよ。それだったら車で東京に来て、箱買いして山に戻ればいいじゃないですか。どうして私が季節外れのサンタクロースみたいなことをしなくちゃならないのか、理由がわかりません」

チユキさんはだんだん怒りはじめた。

「そうよね。パートナーにも考えて欲しいわよね」

「自分がいい子になりたいものだから、いつもあのヒトたちのほうにつくんですよ。むかつくわ」

「あとは宅配で送るしかないわね。それだったらチユキさんも重たい思いをしなくても済むし」

キョウコが提案すると、チユキさんは、

「まあ、そうなんですけどねえ」

と歯切れが悪い。そうすると便利にはなるけれど、イヌたちからすると、おいしいパウチを持ってきてくれる、優しいお母さんというポジションが失われる問題があるらしい。

「これのおかげで、私の株が相当、上がっているんですよね。それを失うのもちょっと……だなと……」

「難しいわねえ」

またクマガイさんが笑った。キョウコも何もいわず笑うのみである。

「ばかみたいなんですよ。冷静に考えると、そうなんですけど、それが私には大事なような気がしてきて。本当にアホですよね」

チユキさんもトホホ顔で笑った。

「ということは、近々また山に？」

キョウコがたずねると、

「そうなんです。明日、始発で行きます」

「今回はパウチもたくさんあるから、みんな大喜びね」

「はい、今回は大人気、間違いなしです」

チユキさんはよっこらしょと、布袋をまた肩に担いだ。

「それにしても大量ね。サンタクロースさんも大変ね」

「まったくねえ、自分が蒔《ま》いた種とはいえ、どうしてこんなことになっちゃったのか」

チユキさんは首を傾げた。手入れの行き届いた短いボブヘアが、さらさらと揺れた。

「とにかく気をつけて。どうぞみなさま、ご安全に」

クマガイさんは丁寧に頭を下げた。それを見たキョウコとチユキさんもあわてて、

「あっ、ありがとうございます。クマガイさんも」

と二人は思わず姿勢を正し、ぺこりと頭を下げた。

4

たいしたことはなかったけれど、風邪をひいたのをきっかけに、キョウコが自分の老いについて考えていると、マユちゃんから電話がかかってきた。のっけから自分のことを話すのはよろしくないと思い、

「ああ、マユちゃん、元気?」

といつものように彼女に声をかけた。

「うん、まあ元気でやっているわよ。でも久しぶりに風邪をひいちゃって」

それを聞いたキョウコは、

「ああ、そうなんだ、私もよ」

とつい声が大きくなってしまった。

「珍しいわね。あなたが風邪をひくなんて。でも大丈夫だったの？　いってくれればお世話しにいったのに」

彼女がまるで介護をするような口調だったので、キョウコはちょっとむっとしながら、

「すぐに治ったの！　二日くらいで復活したの」

と念を押すようにいった。

「私も二日で治ったわよ」

「あら、そうなの」

キョウコはちょっとがっかりしたが、二人で風邪&快復自慢をしているみたいで、しばしの沈黙の後、同時に吹き出した。

「でも笑い事じゃなくて、あなた、大変だったんじゃないの？」

マユちゃんはまじめな声になった。キョウコは隣室の二人が気を遣ってくれたこと、食事はあるもので何とかなったことを話し、

「まさか兄のところに連絡するわけにもいかないじゃない」

といった。

「それはそうよね。お義姉《ねえ》さんが山のように荷物を持って、とんで来ちゃうわよね」

「だから兄のところには何も連絡しなかったのよ」

「それでいいの。余計な心配をさせないほうがいいわよ。それでなくてもお義姉さんは優しくて、ひとり暮らしのあなたが気になって仕方がないみたいだから」

相手がキョウコの家の事情をすべて知っているマユちゃんなので、風邪を引いて寝ていたときの自分の気持ちを正直に話した。

「甥《おい》のケイはね、私のお葬式は出すっていってくれたんだけど、それまでが大変じゃない？」

「それはそうよ、自分はまだ生きているからね。死んじゃったらどんな葬式かなんて関係

ないし」

「天井を見ながら、今回はこの程度でよかったけれど、本格的に具合が悪くなってから、葬式をする前までが大変だなって。こういうときに家族がいる人は、少し気が楽なのかなとはじめて思ったわ」

「ええっ、そんなことないわよ。あなたも覚えているでしょう、ほらテニス部の……」

学生時代の同級生たちの話がはじまった。キョウコはマユちゃん以外の人とは、連絡を取っていないので、同級生の卒業後の動向は、マユちゃん経由で知るしか術《すべ》がない。彼女のところには、みんなの噂話《うわさばなし》や本人から相談を受けた話が集まっていた。彼女の余計なおしゃべりをしない性格と、教師という職業柄、みんなからの信頼度が高かったのかもしれない。そしてキョウコは、時折、彼女が話してくれる、かつての同級生の話を聞くのが楽しみでもあった。キョウコは他の誰《だれ》ともつながっていないので、少しは現在は何をしているのかを伝えようと、彼女が情報を漏らしてくれていたのだった。

その目立っていた美人のテニス部の女子は、高校生のときから交際していた他校の男子と、社会人になって数年後に結婚した。男性はおとなしくて性格のいい人のようで、子どもが二人いるという話も、ずいぶん前にマユちゃんから聞いていた。キョウコは特にテニス部の美人に関心は持っていなかったので、ああそうなのかと話を聞き流し、平凡だが幸せな家庭を営んでいるのだろうと考えていた。しかし今回のマユちゃんの話によると、実は現在、彼女の家庭は修羅場になっているという。

夫は下の子どもが中学生になった頃《ころ》に愛人のもとに走り、長いこと別居生活が続いている。私立の進学校に通っていた二人の子どものうち、長男は高校を中退して家を出ていった。彼女は現在はパートタイムで働いていて、夫は離婚を希望しているが、絶対に別れないといっているという。

その話を聞かされたマユちゃん自身が、悩んだあげくに別れた離婚経験者なので、「そこまで離婚を求められているのであれば、慰謝料をもらって別れたほうがいいのでは」といったら、テニス部美人は、妻のプライドを傷つけられたので、絶対に意地でも別れないといい続けているらしい。夫からの要求に首を横に振り続けていたら、子どもが進学校を中退したのは、母親であるお前が不出来だからだと罵《ののし》られ、それがまた悔しいと、電話で泣いたのだそうだ。

現在、子どもはどうしているかというと、長男は結婚して、自分たち夫婦の生活で精一杯だから、親のことは知らないといわれ、大学を卒業した弟のほうはもしも離婚してお金がもらえるのなら、兄と自分もちょっと欲しいといっているのだそうだ。

「結婚した男の人って、おとなしくて性格のいい人だったんじゃないの？」

キョウコが聞いた。

「うん、彼女はそういっていたんだけどね、結婚生活のなかで変わったか、彼の性格を見誤ったかどっちかじゃないの」

「へえ、大変ねえ」

「上の子が自活しているのはいいんだけど、学校を中退したのが世間的に恥ずかしいとかいっているのよ。私は彼なりによくやっていると思うんだけどね。でも彼女は、夫がいなくなった後は、子どもたちに面倒を見て欲しいっていっているのよね」

「うーん、でも子どもたちには自分たちなりの生き方があるんだし。小さいときは舵《かじ》取りをしてあげたほうがいいけれど、いつまで経《た》っても親のいいなりにさせるっていうのはどうなのかしらね。親子とはいえ別人格だしね。一方的に親が頼るつもりで期待していてもねえ」

「私たちはそう思うけど、そうじゃない人は多いのよ。歳《とし》を取ったときに面倒を見てくれないんじゃ、何のために子どもを産んでお金をかけて育てたのかわからないっていうから」

「えっ、その人、いつの時代に生まれたの？」

自分と同い年でそんな考えの人がいるのは、信じられなかった。が、マユちゃんによると、子どもの自立を認め、自分の好きなことをやっている親のほうが少ないという。子どもの親としての自分の幸せが、まず第一と考えている傾向があるらしい。

「へええ」

「子どもが自分の好きなように生きられる喜びが親としての自分の喜びじゃなくて、苦労して育てたんだから、あんたたちは親である私に恩を返しなさいっていう感じ？」

「それって、親がいうことじゃないわよね。子どもがいうならわかるけど」

「そうなのよ。何であんたが、子どもの人生のシナリオを書くんだっていう話なのよ」

「そういってやるんでしょ」

「私？」

マユちゃんが一瞬黙った。そして小声で、

「そんなこといえるわけないじゃない。向こうはいいたいことをいえば、気が晴れるわけだから、いうことを黙って聞いてるだけよ。よほどひどければ、ちょっとはいうけれど」

といった。

「私だったら、怒っちゃうけどなあ」

「教員生活が長いとね、なかなかそうはできないんですよ」

「失礼しました。そうでした」

笑いながらキョウコは謝った。

その他、夫が浮気をしたので、その腹いせに若い男性と浮気をしたのだが、彼女のほうが夢中になってしまい、男性の求めに応じて、あれやこれやと欲しがるものを買ってやっているうちにお金がなくなり、消費者金融に手を出して、大変なことになったという話も聞いた。その人の名前を聞いたキョウコはびっくりした。クラスのなかでもまったく目立たない、こちらから話しかければ、会話をするけれど、彼女から積極的に何かを話しかけてくるということはない、とてもおとなしいタイプだったからだ。クラスを見渡すと、教室の端っこに彼女がちんまりと座っていたので、そこではじめて、ああ、いるのだ、と認識するような人だった。

「へえ、あの人がねえ」

「あのまじめさが変なほうにいっちゃったんじゃないの。相手は息子と歳がほとんど変わらなかったたっていってたから」

「へえ、息子さんもびっくりよね」

「どうしようもなくなって、息子さんに告白したら、びっくり仰天してしばらくひとことも言葉を発しなくなったっていってた」

「それはそうよ。自分とほぼ同い年の男性と浮気したって母親からいわれたら、頭の中が真っ白になるわよね」

結局は、息子から鬼のように厳しく説教をされ、彼が自分の貯金から返済してくれたのだそうだ。

「立派な息子さんねえ」

「それなのに、これで息子は私の老後を見てくれなくなったって嘆くのよ」

「はああ?」

どこまで依存心が強い人なんだと、キョウコは腹が立ってきた。他にも夫や子どもとの関係が悪く、家庭内で孤立していたり、姑《しゅうとめ》にいじめられていたのが、彼女が亡くなってほっとしていたら、今度は離婚して戻ってきた実の娘に、「私がこんな性格になったのは、あんたのせいだ」と、いじめられてお金をむしり取られているという人がいたり、株や投資で大損をして、全財産をなくしてしまったりと、同級生のびっくり人間大集合だった。

「すごいわねえ」

キョウコはため息をついた。

「だからね、結婚している人たちの人生が幸せっていうのは幻想なのよ。人間関係が複雑になっているから、独り者よりも面倒くさくなるでしょ。すべてが自分が思い描いているようにはいかないっていうほうがいいかもしれないわね。若い頃は夢もあるから、この人と一緒に暮らしていこうと考えるけれど、いざ結婚生活に入ると、お互いに不満が出てくるから、それをどう自分のなかで処理できるかが問題なのよ。我慢できるのかしないのか、諦《あきら》めるのかっていうところなのかな。まあ、私の場合は我慢しなかったんだけど。その点、あなたは自分が思い描いているとおりの生活ができているでしょう」

「それはそうね」

「子どもが育ち上がって、夫と二人で暮らしている人たちも、うれしそうに話すのは、夫が亡くなった後の話だものね」

「そうなの？　夫婦二人での仲のいい老後の話じゃないの？」

「あー、そういうのはほとんどといっていいほどないわね。彼女たちの老後計画には夫の姿がないの。夫が亡くなったら家を売って、自分一人で住む小さなマンションを買って、そこで気楽に自由に暮らす、なんていっているもの。夫がいなくなった後の生活設計については、みんな熱心ね。そうでなければ、老後を子どもにどう頼ろうかを考えている」

「はああ。でも夫が願っているとおりに、亡くならなかったらどうするのかしら」

「それが問題よね。でもそれが、長年、夫と暮らしてきてうんざりしている妻の夢なのよ」

孤独死もいとわない自分は、気が楽だとキョウコは思った。仲がいいはずの兄夫婦でも、義姉《あね》はおネコさま御一行が来てくれたおかげで、夫婦の会話が増えたといっていたから、もしもそうでなかったら、夫婦仲は沈滞ムードになっていたのかもしれない。

「いくら家族っていっても、人の気持ちは自分の思い通りにできないんだから、そのあたりを考えないと難しいわよね。子どもだって親の思い通りにならないもの。親の思い通りにしようという子どもは、まあ、仕事も期待できないわね」

「そんなものかしら」

「そうよ、自発的に何もできないんだもの。人のいいなりになるのをよしとする人間が、何かを生み出すなんてできないでしょ。それが自分で実現できる親だったら、子どもを思い通りにしようなんて思わないし。だめ親がだめ子どもを作るのよ。それに反発して我が道を行く子どもは見込みがあるけれどね」

「でも少数なんでしょ」

「うん、子どもの能力を伸ばそうっていう親も多いけれど、子どもをいつも支配下に置きたい親も多いわね。そして我が子が思い通りにならないと、学校が悪いとかいってきて、面倒くさいのよ」

「あー」

キョウコはため息まじりの声を出した。

「マユちゃんも、子どもは好きだけど、親は嫌い、っていっていたものね」

「そうよ。だいたい文句をいってくる人は決まっているんだけどね。職員室でも、あ、また来たっていう感じで。それに校長のパワハラが加わると、外からも中からも、もうごっちゃごちゃなのよ」

「お疲れ様でした」

「いえいえ、どんな仕事も大変なので」

退職したマユちゃんのところには、教え子から途切れずに手紙が来るのだそうだ。今はメールで簡単に送れるのに、先生には自分の手で書いた手紙を渡したいといって、便箋《びんせん》と封筒を買って送ってくれるのだという。

「へえ、かわいいわね」

「そうなのよ、子どもたちは本当にかわいいの。いい子なの、みんな。でも大人たちは腐ってた」

彼女がいい捨てた言葉に、キョウコは思わず笑ってしまった。マユちゃんは我慢に我慢を重ねたうえで、教員生活にさよならしたのだった。

「やめたのはいいけど、最初は慣れなくてね。朝、起きたとたんに、『わっ、遅刻した。急いで学校に行かなくちゃ』って焦りまくって、ベッドの中でばたばたするんだけど、そのうち『あっ、そうだ、やめたんだ』って思い出すわけよ。あなたもそうだった？」

「私の場合はかわいい子どもたちなんていなくて、まわりは腐った大人たちばかりだったから、行かなくちゃなんて、これっぽっちも思わなかったわ。ただこれまで働いていた時間に、部屋でぼーっとしている自分がいるっていうのが、ちょっと変だったけど。すぐ慣れるわよ。でも、マユちゃんはまじめだから、どうかな」

「まじめだと思うでしょ。自分でもそうだと思っていたんだけど、それがよく寝られるのよ。不思議なくらい。今までは寝ているようでもちゃんと寝られていなかったのね。おかげさまでがっさがさだった肌の調子もよくなりました」

「それはよろしかったですねえ」

キョウコがそういったので二人は笑い、「睡眠に勝る化粧品なし」と宣言してまた笑った。

「お互い、若くはないんだから、健康には気をつけましょうよ。風邪もたいしたことがなくてよかったけど」

マユちゃんがちょっと心配そうにいった。

「もう若くないんだって、痛感したわ。ただ長引かないのがよかったけど」

「ストレスないものね」

「そうそう。寝たいだけ寝られるし」

キョウコは笑いながら、

「それでは……」

と電話を切ろうとすると、マユちゃんが、

「あのね、この間、テレビで私にとっては衝撃映像を見たの」

といった。それは人間の代わりに、工場で荷物の移動をしている人型ロボットの動画で、スムーズに右のレーンから左のレーンに箱を移動させていたのだけれど、突然、不具合が起こったらしく、まるで膝《ひざ》からくずおれるように床に倒れて部品が飛び散り、動かなくなってしまったのだという。

「それを観《み》ていたらね、壊れたのはロボットなんだけど、人間が過労死したような気がして、涙が出てきちゃったのよ。人間の代わりに仕事をしてくれているのだけれど、不具合が起きたときのダメージの状況も、人間そっくりなんだろうなあって。そのロボットは修理されて、すぐにまた現場に復帰したっていってたけれど、それもまたちょっと辛《つら》かったなあ」

マユちゃんはしみじみといった。そして、

「本当に辛いときは黙っていないで連絡してよ。約束よ」

とまじめな声になった。

「うん、わかった。ありがとう」

キョウコは小さく頭を下げて電話を切った。

勝手気ままに生きている自分のことを気に掛けてくれる人がいるのは、本当にありがたかった。

体調が戻ったとしても、ウイルスはまだ体に残っているから、一週間くらいは無理をしないほうがいいと聞いたことがあったので、散歩の時間を短くしたり、人が多い場所には出向かないようにしたりと気をつけていた。もう自分の体は自分で守らなくてはいけない。体はひとつしかないのだから、大丈夫と過信しないようにしようと、キョウコはいつもよりもおとなしめに暮らしていた。

そんなところに、山に行ったチユキさんから画像が送られてきた。男性が藍《あい》色の寝巻き姿で布団の中で寝ていた。それを背中側から撮影しているのだが、枕元《まくらもと》には狛犬《こまいぬ》みたいに、えんちゃんとくうちゃんがお座りをして、じっと彼を見下ろしている。「バチが当たったようです」とタイトルがついていた。パートナーの彼も体の具合が悪くなったのかしらと、画像を眺めていると電話がかかってきた。

「チユキです。こんにちは。風邪の具合はいかがですか？　今、話していても大丈夫でしょうか」

「ありがとう、もう大丈夫ですよ」

「そうですか、よかった。すみません、見苦しい画像を送りつけて。全然、気分がよくなるような画像じゃなかったですよね」

「えんちゃんとくうちゃんが、並んでいてかわいいじゃない。布団で寝ていらっしゃるのは彼でしょう」

「そうなんです。風邪をひいたらしくて寝てるんです」

「あら、それは、それは」

「私に大荷物を運ばせたバチがあたったんですよ、きっと。妙に体調がいいっていって、畑仕事を長時間やったので、疲れているんじゃないかと思って、イヌたちの散歩も短めにしたらっていったんですよ。でも、平気、平気っていって、二時間以上もイヌたちの散歩をして外を歩き回って、おまけにカラオケボックスに行くってきかないんですよ。仕方なく二時間だけ歌ったんですけれど、それから咳《せき》が止まらなくなったんですよ。いわんこっちゃないですよ。どうして男の人って、いつまで経っても、小学校低学年みたいなんでしょうかねえ」

キョウコがくくくと含み笑いをすると、鼻息が聞こえてきた。

「あ、えんちゃんが来ちゃいました。ちょっと、だめですよ。いい子でしょ、そこで待ってて。お座り」

鼻息がすぐに遠ざかり、く～んというかわいい声が聞こえた。

「お利口さんね。いうことをちゃんと聞くのね」

「今だけだと思いますよ。寝ている彼にちょっかいを出していたんですが、相手にされないので、つまらなくて私のところに来たみたいです。こら、大事なお話をしているんだから、待ってて。そこにお座りして。あ、すみません」

「彼のように若くても、用事を詰め込んじゃうとそれなりにダメージがあるのね。体調がいいからがんばりすぎちゃったのね」

「それって錯覚だったと思うんですよ。急に風邪をひくわけもないから、それに気がつかなかったっていうことなんじゃないですか。ちょっと熱があってハイな気分になっているのを、調子がいいと勘違いしたとか」

「あらー」

大変ないわれようだとパートナーが気の毒になりつつ、キョウコは、

「カラオケって、チユキさんたちはどんな歌を歌うの？」

と聞いてみた。

自分が若い頃は、カラオケはクライアントのおやじたちと、モデルやデビュー間近のアイドルを引き合わせるための場で、純粋に歌を楽しむなどということがなかった。おやじたちもカラオケなどはどうでもよく、その後のことで頭がいっぱいになっていたのだと思う。彼らが乗るタクシーを手配して、お疲れ様でしたと頭を下げて彼らを見送るまでが、キョウコの役目だった。その場で自分がどんな歌を歌ったかなんて、見事に忘れていた。

でもチユキさんの世代がどんな歌を歌っているかには興味がある。

「彼はですねえ、内山田洋《うちやまだひろし》とクール・ファイブオンリーです」

「前川清《まえかわきよし》?」

「そうです。前川清のみです。得意なのは『東京砂漠』だっていっています」

「へえ、それじゃ歌がうまいのね」

「いいえ、好きなのと上手なのとは違いますから」

「まあね、じゃ、チユキさんは?」

「私はそのときに、『マリーゴールド』を歌いました」

ラジオからこの曲がよく流れてきていたので、キョウコも知っていた。

「あらー、すごいじゃない。前川清とあいみょんの対決ね」

「点数ではだいたい、私が勝ちます。問題は芸歴が長い分、前川さんのほうは延々と曲が出てくるから、持ち歌が五曲くらいしかない私は曲数で負けちゃうんですよ」

「レパートリーを歌いきったら、最初に戻ってまた、あいみょんからはじめたら？」

「そうするとですね、『ふん、またか』って鼻で笑うんですよ」

「それじゃ、新しく美空《みそら》ひばり全曲集を覚えたらどう？　たくさんありそうよ」

「そうですね、祖父が好きで聞いていましたから知っていますけど。そうか、ちょっと勉強しようかな」

　チユキさんは少し本気になったようだった。

　パートナーの彼はカラオケから帰ると、テンションが高いままで、いつもえんちゃんとくうちゃんに、「噂の女」を歌って聞かせるのだという。キョウコは笑いを堪《こら》えながら、

「そんなとき、えんちゃんとくうちゃんは、どうしてるの？」

　とたずねた。

「最初はお座りしながら、あれっ？　っていう顔でじっと聞いているのですが、そのうち

『何なんだ、これは』といった表情で、横を向いたり、後ろ足で耳を掻《か》いたりしはじめますね。うんざりしているんじゃないかと思いますよ。私の個人的感想ですが」

とチユキさんは笑った。

まだキョウコが実家にいた頃、飼い主がピアノを弾いたり、歌を歌ったり、学校のチャイムが鳴ったりすると、一緒になって遠吠《とおぼ》えか歌を歌っているかはわからないが、そういうリアクションをとるイヌたちを、テレビで観たことがあった。しかしえんちゃんとくうちゃんはそうではないらしい。歌を聴かされるイヌさんたちが、何となく迷惑そうなのを見て、彼はまずおやつをあげてご機嫌を取ってから、歌を歌うようになったという。

「しばらくはその場にいてくれますからね。でももらえないとわかると、さっさといなくなるので、面白いです」

「ドライなのねえ」

「本当にそうですよ。ちゃっかりしているというか。彼は、『おい、どうしていっちゃうんだよ』って声をかけていましたけど、完全に無視されていましたね」

イヌさんたちは飼い主の気持ちを忖度《そんたく》しないらしい。

「私が歌ってもほぼ同じ態度なので、もともと興味がないみたいです」

「それではお二人だけでお楽しみください」

キョウコが笑うと、

「そうですねえ。私は彼ほど歌うのが好きじゃないので。でもまあ、レパートリーで負けないように、美空ひばりでがんばってみます」

彼女がそういったとたんに、鼻息が聞こえた。

「あー、すみません、今度はくうちゃんが顔を突っ込んできました。私が電話をしていると、気になるみたいで」

それを聞いたキョウコは、

「くうちゃん、こんにちは」

と声をかけてみた。すると一瞬、鼻息が止まり、しばらくして、さっきと同じように、くーんとかわいい声が聞こえた。

「お返事して偉いわね」

といい終わるか終わらないかのうちに、

「わっ」

とチユキさんの声が聞こえた。ばたばたと暴れている音がする。

「す、すみません。えんがくうにちょっかいを出したものだから、二人でもつれ合ってプロレス状態になってしまいました」

キョウコがあら、大変と心配していると、

「避難してきたので大丈夫です。廊下を挟んだ向かいの部屋では寝ている人がいます」

と実況がはじまった。時折、ひどくはないが、咳が聞こえてくるのが気の毒だ。

「まだ咳が治まっていないみたいね。長引くと辛いから大変ね」

「そうですね。でも食欲はあるので、大丈夫だと思うのですが。ここに来てはじめて風邪をひいたらしいです」

すると遠くから、

「恥ずかしいことはいわないで〜」

と男性の声がした。

「いってないよ。いいから寝てて」

きっぱりとチユキさんがいい放った。

「わかりました～」

彼の素直な返事が聞こえてきた。

「あっ、イヌさんたちが部屋に入っていっちゃいました。あー、布団の上を二人で歩き回って、彼を踏んづけています」

くくくとチユキさんが笑っている。

「具合が悪くて寝ているのに。それじゃ寝られないわねぇ」

布団の上からとはいえ、それなりに大きいイヌ二匹に体を踏まれたらきついだろうと心配になってきた。

「あら、うまく手なずけて、二人とも布団の上で寝そうです。重いかもしれないけど、まあ、温まるからいいでしょうかね」

「ちょっと重くて辛いかもしれないけれど、精神的にはいいんじゃない」

「そうですよね。まあ、二、三日経てば、元気になると思います。すみません、うちのくだらない話をして」

「いいえ、いつも楽しいお話ばかりだから、聞くのが楽しいわ。気にかけてくれて、本当にありがとう。画像も電話も楽しみなので、どうぞよろしく。パートナーの方も、どうぞお大事に」

キョウコはそういって電話を切った。

今回は体調を崩したとはいえ、すぐに快復したからよかったけれど、これから歳を重ねるにつれ、いったい何が起こるかわからない。入院、手術が必要になるかもしれないし、自分では何の判断もできなくなるかもしれない。そうなったときにどうするのか。誰かを後見人にして、お金のこととかを面倒みてもらえればいいのだけれど、ふと周囲を見回しても、お願いできる人が見当たらない。

マユちゃんには娘さんがいるから、それで何とかなるだろう。ケイやレイナは身内だから頼みやすいけれど、残念ながら今のところは近くにはいない。自分に何かあったときに、わざわざこちらに来てもらうのは申し訳ない。チユキさんはお隣さんだけど、血縁でもないので、他人様《ひとさま》にそういうことをお願いするのは気が引ける。

これから先のことも考えなくちゃなあと思いつつ、ラジオのスイッチを入れると、まるでキョウコの気持ちを見越したかのように、たまたま流れてきたラジオ局から、「ひとり暮らしの七十八歳の女性からのお便り」というアナウンサーの声が聞こえてきた。思わずキョウコの耳の穴がラジオに向かって広がった。投稿者は身寄りがなく、体の自由がきかなくなったときに、どうしたらいいか困っているという内容だった。キョウコが、

「そうよね、そうなのよ」

と小声でいいながら、ラジオにより近づいていくと、「成年後見制度」というものがあり、本人が判断能力が低下している場合の「法定」のものと、まだ判断能力があるときに、信頼できる人物と公的な書類で契約しておく「任意」のものがある。それについては行政書士事務所に相談するとよいといっていた。

あれこれ考えすぎると、煮詰まってくるけれど、他人にお願いするという手段もあるのだなと、キョウコは、自分はおめでたい人間なのかもしれないけど、これからこのまま歳を重ねても、それなりに生きていけそうな気がしてきたのだった。

5

チユキさんはパートナーの風邪が治ったのを見届けて、こちらに帰ってきた。いつものように、野菜、果物、地元の人たち手作りのお餅《もち》などをおみやげにいただいてしまい、キョウコは、

「チユキさんは行くときもそうだったけれど、戻ってくるときも大荷物になって、申し訳ないわねえ」

と詫《わ》びた。

「いいえ、いつもあまり変わらないものばかりなんですけど、選ぶのは楽しいので。どうぞお気になさらずに。でも今回はちょっとうんざりしちゃいました」

と顔をしかめた。

「えっ、あのパートナーとのこと？」

「そうです。もうちょっと大人だと思ったんですけどねえ」

「チユキさんを頼っているんでしょう、きっと」

「さあ、どうでしょうか。頼る前に、私のアドバイスに対して、聞く耳を持って欲しいんですよね。だいたい長時間の散歩といい、カラオケといい、まったく考えていることがわかりません。そして案の定、あんなことになって」

彼女のご機嫌は悪かった。

「それが彼の魅力にもなっているんじゃないの？」

「さあ、どうでしょうかねえ。今の私にとってはマイナス点ばかりですけれどね」

「あら、かわいそう」

「自業自得だったんだから、少しは反省したほうがいいんです」

「でもそういう人って、どういうわけか同じことを繰り返しがちなのよね」

「そうなんですよ！」

チユキさんは目をぱっちりと見開き、手に持っていたたたんだ布袋を、ばしっと自分の膝に叩《たた》きつけた。

「学習しないんでしょうか」

彼女は首を傾《かし》げた。

「学習はしているんでしょうけど、『今回は平気』って思っちゃうんじゃないの」

「どうしてそんなことになるんでしょうか」

彼女は腕組みをして考えていた。

「でも完璧《かんぺき》にきっちりとしている人よりは、そういうところがある人のほうが魅力的なんじゃない？」

「はあ、それも人によりますねえ」

同じ姿勢で彼女は考え続けている。

「そういう人だから、チユキさんのパートナーは、魅力的な人なんじゃないの？」

「うーん、最近はよくわからなくなってきました」

「えっ、そうなの？」

彼女はうなずきながら、最近はえんちゃん、くうちゃんが鎹《かすがい》になって、二人の関係が保たれているような気がするという。

「倦怠《けんたい》期の夫婦みたい」

「そうですよ、本当にそのとおりなんです。でもまあ、しばらくは行かないんで、まあ、いいんですけど。ワンズに会えないのは、ちょっと辛いんですけどね」

「そうね、えんちゃんとくうちゃんには会いたいわよね」

チユキさんは大きくうなずいた。

「いちばん問題なのは、私がこういう気持ちでいるのを、向こうが全然、気づかないんですよね。私もいちいちいうのがいやなので、黙っているんですけれど、自分の行動を反省しているふうでもなく、『あー、まだ喉《のど》がちょっと痛いなあ』なんていって、のんきなものなんですよ。私も無視するわけにいかないから、葛湯《くずゆ》とかレモネードとか作るわけですよ。それに対して、にこにこ喜んでいるのを見ると、あのカラオケの夜は忘れない、とか思っちゃうんですよ。私、性格が悪いんでしょうか」

「悪くないわよ。よくやってあげているわよ。一緒に住んでいるわけじゃないから、こうやって距離が取れるといいわよね。ずっと顔を合わせていると、いろいろとね」

「そうです。あんなことをされても、ワンズにはうんざりすることなんかないのに、どうして人間にはそうなっちゃうんでしょうね」

「そうね、どうしてかしらね」

キョウコはふふっと笑ってしまった。

「ここに戻ってきてほっとしました。やっぱり一人になれる場所があると、助けられますね」

「でもれんげ荘はいちおう区切られているけど、物音は筒抜けだし、ほとんどひとつの部屋に住んでいるのと変わらないけれどね」

キョウコがまた笑うと、チユキさんは、

「たしかにそうですけど。でも何か違うんですよ」

「あとの二人がおばさんだからね。気を遣わなくていいし」

「いやー、そう……でしょうか」

チユキさんはそういった後、うふっと笑った。

「ここもあなたの場所なんだから、山でいやなことがあったら、ここでのんびりして忘れちゃえばいいのよ。両方あっていいいんじゃないの」

キョウコは彼女を励ました。

「そうですよね。ずっと山に居なくちゃいけないわけでもないし。ありがとうございます。元気が出てきました」

お辞儀をした後、彼女は、賃貸にしていたマンションの借り主が引っ越すことになって、またクリーニングや室内の手直しがはじまるのだといった。キョウコは彼女が、タワーマンションの一室の大家さんだったのを忘れていた。

「持っているといろいろと面倒くさいですね。不動産屋さんの話だと、キッチンや水回りがずいぶん汚れているみたいで。クリーニングの料金を私と先方で半分ずつといったら、払う必要がないとかいいはじめたようで、揉《も》めているんですよ。契約書には全額借り主負担と書いているところを譲歩したのに。困ったものです」

苦笑しながら、再び、それではとお辞儀をして、チユキさんは部屋に入っていった。

婚姻関係があってもなくても、自分とは別人格のパートナーと接していると、うまくいかないことがあるのは当然だろう。でもそれはお互いに思いやり、信頼関係があれば話し合いで何とかなるのではないかと、独り身のキョウコは思う。それが崩れるから別れるのであって、それはそれで仕方がない。

キョウコはひとりで気楽だった。久しぶりに風邪をひいて、行く末をいろいろと考えたりもしたが、結局は不安よりも、気楽というほうが勝ってしまった。きっとチユキさんのパートナーよりものんきなのは間違いないが、こういう性分なのだから仕方がない。

二日ほどして、義姉から電話がかかってきた。風邪のことを黙っていたキョウコは、ちょっと後ろめたく思いながら、

「こんにちは」

と挨拶《あいさつ》をした。

「キョウコさん元気?」

「はい、おかげさまで」

「風邪がはやっているみたいだけど、ひいてない?」

「ええ、今のところは大丈夫です」

小さな嘘《うそ》とはいえ、善良な義姉にいうのは胸が痛む。

「それはよかった。うちもみんな元気なのよ。おネコさまたちも元気いっぱいで」

「それはよかったですね」

「それだけが取り柄みたいよ」

彼女の明るい声を聞いて、やっぱり風邪をひいたことを連絡しなくてよかったとほっとした。

「そうそう、ケイから連絡があってね。とうとうネコちゃん、イヌちゃんと暮らしはじめたの。同時によ。びっくりしちゃった」

「正月に会ったときに、飼いたいとはいっていたけど、思い切ったのね」

「大丈夫かしら。うちにもチワワのリリちゃんがいたから、扱いには慣れているとは思うんだけど」

「優しいし気配りが行き届いているから、大丈夫でしょ。とてもかわいがるんじゃ……」

そうキョウコがいったとたん、

「そうなのよ」

と前のめりで義姉がいった。最初は保護ネコを引き取ろうと思ったのだけれど、虐待さ

れる恐れがあるので、独身男性は引き渡し先として認められないことが多い。それを知ったケイは、

「ふとどきな馬鹿な奴《やつ》らのせいで、本当に困る」

と怒っていた。どうしようかと考えていたところ、同僚の親戚《しんせき》の家で、ネコが生まれ、三匹のうちの二匹はもらい手が決まっていたので、残っていた茶トラの子をもらってきたという。するとそれを耳にした先輩が、

「イヌもどう？　一緒に」

というので話を聞いたら、彼の実家で雑種の子イヌが生まれて、もらい手を探していた。ネコもイヌも両方飼いたいと思っていたし、同時に自分に話があったことを考えると、これは何かの縁に違いないと、ネコもイヌも飼うことを決めたのだという。

「生き物と暮らすのに、そんな簡単に決めていいの？　大丈夫？　っていったら、『おれのこと、いくつだと思ってるんだよ。小学生じゃないんだぞ』っていわれちゃって。たしかにそうなのよね」

義姉は笑っていた。そしてケイはネコとイヌのために、たまっていた有給休暇を使って

会社を休んだ。動物病院で身体検査をし、一部屋を空けてネコさんイヌさんの部屋にし、様々な必需品を買い揃《そろ》えている最中だという。

「画像を送ってもらったんだけどね、ものすごくかわいいのよ、両方とも。男の子同士でとっても仲がよくて、もうネコベッドで一緒に寝ているんですって」

「へえ、何ていう名前になったの?」

「たしかね、ネコさんはトラ様《さま》ちゃん、イヌさんは茶々太郎《ちゃちゃたろう》ちゃんだったと思うわ」

「えっ、トラちゃんていうこと?」

「ううん、トラサマまで名前なんだって」

「ええっ」

「私もなんでって聞いたら、『人間でいえば、サンプラザ中野《なかの》くんさん、みたいなもんだ』なんていってたけど」

「はあ?」

まあ、ネコさん、イヌさんが幸せに暮らせればそれでいい。これでケイは、家にやってきた子たちのおかげで、家を出るときに後ろ髪を引かれる思いと葛藤《かっとう》することになるのだろう。

後から送られてきた画像には、ちっこくてかわいいネコとイヌが、同系色の体を寄せ合い、小さなネコベッドにみっちみちにはまって熟睡していた。こんな愛らしい顔は一時間でも二時間でもずっと見ていられる。こういう光景が日常になったケイが、キョウコはうらやましかった。

翌日からは、義姉を経由した「トラ様と茶々太郎日報」が届くようになった。今までは義姉のほうから連絡をしないと、ケイからはほとんど連絡が来なかったのに、連絡をしなくても、毎日、動画、画像が送られるようになったという。残念ながらキョウコの携帯電話では、動画が見られないので静止画像ばかりだが、それでも愛らしい子たちの姿がよくわかる。

トラ様が茶々太郎の背中にしがみついていたり、ネコパンチをしたりしても、茶々太郎は「ん?」という顔で相手をしてやっていて、いやがっているふうでもない。だいたいイヌよりもネコのほうが、ちょっと意地が悪いものだ。これから茶々太郎くんも大変だねえと笑いながら、キョウコは画像を見ていた。ケイがいちばん困っているのは、それぞれにドッグフード、キャットフードをあげているのに、相手のフードも食べたがる。その結果、食べているのが、双方ともドッグ&キャットフードになってしまい、それがお互いの体に悪影響を与えるのではないかと悩んでいるらしい。

食事のときはなるべく遠くに離して、それぞれに合ったフードをあげるのだが、最初は喜んで食べていても、ふと顔を上げて、あっちは何を食べているのだろうかと気になり、たたたたっとお互いの食器のところに走っていっては、匂《にお》いを嗅《か》いで食べているらしい。

いくら、

「トラ様はこれだよ」

「茶々太郎はここで食べてね」

と諭しても、まったく効果がない。動物病院の先生に相談すると、

「やはりそれぞれに適切なフードを食べてもらったほうがいいんですけどねえ」

という。そこで御飯のときは、相手の食器めがけて走ってくるトラ様や茶々太郎を受け止めて、抱き上げて元の位置に戻したり、片方のフードをガードしたりと、交通整理が大変なのだそうだ。まあそれも、うれしい悩みなのだろうと、キョウコはケイがあたふたし

ていても、楽しい毎日を過ごすようになったことが、喜ばしくもあった。

「ぶっちゃん、元気にしてるかな」

動物の画像を見ると、どうしてもぶっちゃんを思い出してしまう。飼い主のご婦人とは、彼女がぶっちゃんを連れて散歩をしているのに、自分が運悪く出くわさないだけかもしれないと思うようにしていたが、最近は彼女は散歩にも出ず、ぶっちゃんと家の中で過ごしているのだろうと考えるようになった。そうなったらもう、キョウコが彼女の家を訪れない限り、ぶっちゃんとは会えない。

ご婦人とも息子さんとも顔見知りで、偶然、ぶっちゃんを救出してお宅にも入れていただいた出来事はあったが、特に親しいわけでもない。本名はアンディのぶっちゃんに会いたさに、

「アンディくんに、会いたくなって来ました」

とはいえない。そういうところは躊躇《ちゅうちょ》してしまう性分なのだ。だから偶然を期待してしまうわけだが、前回の偶然の出会いから、ぶっちゃんと会うことはなかった。だいたい偶然はそんなに人生に多々あることではないから偶然なのだ。だから仕方がないのだと、自

分を慰めつつ、ぶっちゃんのあの大きな顔とふてぶてしい態度、毛の感じやどっしりとした体の重さが忘れられない。それはチユキさんの山の家のイヌさんたち、兄夫婦の家のおネコさまたち、新しく参入したケイのところのイヌネコフレンズを見ても、忘れることはできない。それどころか、

「そういえば……」

と思い出すようになってしまった。

積極的に自分から会いに行こうとしないのだったら、近くて遠い距離から、実際には会えなくても、ご婦人とぶっちゃんがいつまでも元気でいられるように、陰ながら祈るようにしようと、心に決めた。でも寂しいのは事実なのだ。

家のなかにあのような毛の生えたヒトたちがいるのは、本当に楽しいだろう。人間よりも小さな体、小さな脳みそで、全力でぶつかってくる。ちゃっかりしているときもあり、甘えてくるときもあり、こちらを思いやってくれるときもあり、邪険にしてくるときもある。じっと目を見つめると、向こうも嘘のない瞳《ひとみ》でこちらを見つめてくる。こんな生き物がかわいくないわけがない。

キョウコが高校生のとき、古文の何の授業中だったかは忘れたが、女性の先生が、

「どんなにイヌやネコをかわいがったとしても、あなたたちが死ぬときに、死に水を取ってくれるわけじゃありませんよ」

といった。だから結婚して子どもを産めという話だったのだが、キョウコは心の中で、

（ちっ）

と舌打ちしながら聞き流していた。いちおうテストがあるので、授業はまじめに受けてはいたが、この先生のいうことは、別に聞かなくてもいいと判断した。

しかし同じクラスの女子のなかには、

「うちにもイヌがいるけれど、本当にそうよね」

と先生の話に深く納得する人が複数いた。そういった子たちに反論するわけでもなく、キョウコは自分の席に座ったまま、飼っている動物が、これからあの世に旅立とうとしているキョウコを心配そうに眺めている図を想像していた。

気の合わない人間がそばにいて、あれやこれやと世話を焼かれるよりも、何のお世話をしてくれるわけではないが、大好きな動物がじっとそばにいてくれたほうが、ずっと心の

平静が保てそうだ。先生の言葉に、「本当にそうよね」とうなずく同級生を眺めながら、これからの自分の人生は、思い通りに行かないような気がしていたのだった。

しかしその予想に反して、仕事関係の人たちであっても、家族であってもいやな人間を無視できるようになってからは、それはキョウコにとっては母だったのだけれども、自分にとっては気楽な人生になった。いやな人間を気にしなくていいのは、何て気分のいいことなのだろうかと思えるようになった。ただ予想と違っていたのは、勤務していた会社が、高給と引き替えに、とんでもなかったという現実だったけれど。

動物にも様々な性格の子がいるのはわかっているが、

「なぜ、そんな子なんでしょうね」

と困りつつ、愛情を持って接することができる。しかし人間はそうはいかない。少なくともキョウコはそうだった。いやな人間に対しては、身内であろうとなかろうと、できるだけ遠ざかろうとした。慈悲深く、自分と気持ちが合わない人に対しても、優しく接することができる人もいるけれど、自分はそうではなかった。冷たい人間だと反省もしたけれど、自分の気持ちに背くことはできなかった。どうして人間はいやな奴が多いのだろうとも思った。

そういった鬱陶《うっとう》しいあれこれから解放された今は、社会から落ちこぼれているかもしれないが、気楽な毎日を送ることができている。風邪をひいてちょっとだけ不安にもなったが、その心にひっかかった刺《とげ》も、自分で努力して抜いたのではなく、自然に抜けていった。それにかかった時間があまりに短かったのが、自分の今の気楽さを物語っているようなものだった。先生の話に納得していた彼女たちは、死に水を取ってくれる人を得ることができたのだろうか。生まれ変わりがあるという人もいるけれど、前世の記憶はないのだから、その人の人生は一回きりである。彼女たちはキョウコが知らない幸せを感じただろうし、その逆もある。人と比較するようなものではない。

そういえばと、またその先生の別の話を思い出した。「上を見るな、下を見て暮らせ」といったのだった。上のほうばかりを見て、自分に足りないものを気にしていても仕方がない。下を見て暮らせば今の生活に満足できるだろうという話なのだが、これにも納得していている顔のクラスメートを横目で見ながら、キョウコは、

(ひどい差別)

と憤ったのだった。

いつの時代にも、収入が多い人、少ない人がいる。数字が出てしまったら、それはどうしようもない事実になってしまう。これは明らかに下にいる人を見下しているではないか。上も見ず下も見ず、ただ自分の足元を見ていればいいだけのことではないか。これは上ばかり見ていた母に対して不信感を持ち続け、自分なりに出した結論だった。どうして今日は、高校生のときの古文の先生の話を思い出したりしたのかと、自分でも不思議だったが、ともかくイヌやネコをはじめ、動物はみんなかわいいということでよしと、自分を納得させた。

風邪をひいて自粛していた散歩も復活させた。道路沿いのお宅の庭々には、ツツジ、モクレン、ヤマブキなどが咲いている。シバザクラが庭のカーペットのようになっているお宅もあった。風も暖かくなってきて、ちょっと早足になると汗ばむくらいだ。しかしここで汗をかきすぎると、後で体が冷えてまた風邪をひきそうなので、チユキさんのパートナーの例もあるし、すべてほどほどにしておいた。

町内を散歩しているイヌたちを見ると、雑種の比率がとても少なく、ご近所ではトイプードル、チワワが多い。一時はミニチュアダックスフンドを見かけたが、今はそうでもなく、キョウコによるご近所統計によると、その座は柴犬《しばいぬ》に取って代わられたような気がする。そんな散歩で出会う子のなかに、キョウコが気に入った子がいた。江戸時代の大工の棟梁《とうりょう》みたいな四角い顔をしたフレンチブルドッグで、キョウコは勝手に「棟梁」と名前をつけて、こちらも偶然に出会うのが楽しみになった。

最初に棟梁を見かけたのは、風邪をひく直前だった。ちょっと鼻がぐずぐずするなと思いながら、買い物を済ませて歩いていると、道路に塊が転がっていた。脇にはリードを持った高校生くらいの女の子が立っていた。そして何度も、

「ほら、帰るから、行くよ」

と声をかけても、その塊は道路の上に転がったまま、岩のように動かない。いったいどうしたのだろうかと近づいていったら、塊は黒いフレンチブルドッグだった。おでこで四角い顔の三頭身の体が、両手両足を揃えてうずくまっていて、中身がぱんぱんに詰まっていそうな体型だ。大きな丸い目が離れているのがかわいい。しかしその顔には頑固な強い意思が感じられ、キョウコは瞬間的に、その子の名前は「棟梁」と決めつけてしまった。

「ほら、起きて！　帰るんだから！」

女の子は苛立《いらだ》ったように、ぐいっとリードを引っ張った。しかし小柄ながらどっしりとした体躯《たいく》の棟梁は、まったく動じることなく、道路と一体化していた。

「ほらあ、早くぅ」

女の子がぐいぐいと何度もリードを引っ張ったものの、まったく棟梁は動かない。そのうえ仰向《あおむ》けになって両手足を上に挙げ、ごろん、ごろんと左右に揺れはじめた。思わずキョウコが噴き出すと、それに気づいた女の子は、

「すみません」

となぜか小声で謝り、

「ほらあ、帰るったら帰るんだよ！」

と今度は棟梁に向かって、怒りを込めた低い声でいった。しかし当イヌは相変わらず、ごろんごろんして、知らんぷりである。

キョウコはその、ごろんごろんにどういう意味があるのかを考えていた。飼い主といっても、その子にとって彼女は、家のなかのヒエラルキーの頂点にはいないけれど、散歩に

連れていってくれる人である。岩のようになって抵抗し続けているのならともかく、

「へっへっへ」

とあざ笑うかのように、両手足を伸ばしてごろんごろんしているところを見ると、彼女を馬鹿にしているとしか思えない。

(あの体格では、抱えていくにも重たそうだし。大変だな)

キョウコは途方にくれている彼女と、相変わらずごろんごろんしている棟梁を、少し離れて見ていたが、あまりに状況が変わらないので、

「かわいいですね。でもいつもこんなことをしているのですか」

と聞いてみた。すると彼女は、

「自分がまだ帰りたくないときは、いつもこうです。この間も駅前のコンビニの前で三十分もこうやっていたんです。周りの人たちがかわいいっていって、動画を撮影したり、撫《な》でてくれたりしたら、上機嫌になっちゃって。そういう人たちにはものすごく愛想よくするのに、でも起き上がらないで、ずっと今と同じ状態で。ねっ、そうだよね」

女の子が聞くと、棟梁はちらりとこちらを見たが、すぐに目をそらし、

「知らねー」

といった顔で、再びごろんごろんをはじめた。

「撫でてあげたら、機嫌がよくなっておうちに帰るかしら」

「さあ?」

渋い顔で彼女は考えている。

「撫でてもいいですか?」

「いいですよ。でもよだれがすごいので、汚れるかも」

彼女の言葉には抑揚があまりなく、奔放に生きている飼いイヌに手を焼いているようだった。キョウコは仰向けになった棟梁に近づき、しゃがんで、

「かわいいわね。でもどうしておうちに帰らないの? お姉さんが困っているわよ」

といいながら体を撫でてやった。ビロードのような手触りだった。するとほとんど長さがない尻尾《しっぽ》を精一杯ちぎれんばかりに振って、がふがふいった。そのがふがふついでによだれが垂れるところがかわいい。仰向けになったままなので、最初は遠慮をして手を出さなかった剝《む》き出しのお腹を撫でてやると、「がふがふ」が「げふげふ」になり、足を思い

っきり縮めたり伸ばしたりして、喜びを弾丸のような体いっぱいにみなぎらせている。

「かわいいわねえ。こんなにかわいくていい子なんだから、おうちに帰りましょう。ね、お姉さんが大変だから。いい子にしてね」

そういいながらキョウコが立ち上がると、棟梁は両手足を伸ばしたまま、じーっとキョウコの顔を見つめていた。

「ね、おうちに帰りましょう」

ちょっとだけ尻尾が動いた。これで立ち上がるかなと思ったら、仰向けになったままだった。

「あらー」

キョウコがつぶやくと女の子は、

「いつもこうなんです。本当に時間がかかっちゃって」

と呆《あき》れた顔をしている。

「ごめんなさいね。余計な時間を取らせちゃったみたいで」

「いいえ、ありがとうございます。かわいがってもらうのはうれしいので」

女の子は小さく頭を下げた。そして、

「ほら、もう、行くからねっ」

と宣言して、腰を入れて両手でリードをぐいっと引っ張った。少し棟梁の体が動いた。するとと彼女はそのまま力を込めてリードを引っ張り続けたものだから、棟梁はアスファルトの道路をずるずると引きずられていった。

(すごいわねえ、両方とも)

キョウコは感心しながら、ゆっくりと彼らの後を歩いていった。あんなにひきずられて、痛みはないのだろうか。いくら若い女の子といっても、あんなに力を込めて、家まで連れて帰ることができるのだろうかと、気を揉んでいたが、数メートル引きずられても、棟梁の体勢はまったく変わらなかった。女の子はそこで立ち止まり、ふうっと息を吐いた。人数は少ないが、道路を通る人たちは彼らを見て、ふふっと笑って通りすぎていった。仰向けで両手足を伸ばしたまま引きずられていくフレンチブルドッグを見たら、誰でも顔がゆるんでしまうだろう。

いったいどうするのだろうかと、キョウコも気になって見ていると、女の子は突然、

「あっ、そうだ、家におやつがあったんだ」

と叫んだ。そのとたん棟梁は一瞬で半回転し、野生動物のようなものすごい勢いで走っていった。今度はリードを持った彼女が引きずられるように、大股《おおまた》で走り去っていった。まるで瞬間芸のような体勢の変化に、フレンチブルドッグの運動神経を見たような気がした。最後は抵抗も虚《むな》しく、女の子の策略に負けたけれども、それもまた飼われている子らしくて愛らしい。時間はかかったが、あれで無事に家には帰れるだろうと、そのときはほっとしたのだが、路上で飼い主と飼いイヌとのトラブルに首を突っ込んだりしたから、風邪をひいたのかもしれないと、後になって反省したのだった。

そんなことがあってから、キョウコはまた棟梁に会いたくなった。ただ散歩があんなふうなので、女の子が散歩をさせると、岩から仰向けになって動かなくなるし、傍《はた》で見ているほうは面白いけれど、女の子にとってはうんざりする時間になっている可能性がある。一方、家庭内ヒエラルキーで上位の人との散歩だと、あんなことはしないで、いい子で散歩をしているのに違いない。あの意思の強そうな、黒光りする顔は、なかなか忘れがたかった。

でもやっぱりいちばん会いたいのはぶっちゃんだった。向こうからこの部屋に入ってきてくれたのだから、この部屋の窓から発する何かを感じ取ってくれたのではないだろうか。

「お家《うち》に行ったときも、ちゃんと覚えていてくれたものね」

ひとりごとをいっている自分は馬鹿みたいと思ったが、口に出したくなったのだから仕方がない。

兄夫婦、チユキさん、そして甥までも、動物がいる暮らしが楽しめるようになった。兄夫婦の家とは、それほど離れているわけではないので、家に行けばいつでもおネコさまたちには会える。ネコたちと遊んだり、その姿を見ているだけでも楽しいのだが、でもそれは兄夫婦の家のネコたちである。ぶっちゃんも他人様のネコだ。でもやっぱり彼が特別な子なのは間違いない。たくさんのかわいいネコたちがいるのに、不細工でもぶっちゃんはいちばんかわいい。自分でもどうしてそんなに執着できるのかと不思議でならなかったが、

「これが恋というものかしら」

とつぶやいた。

「そして悲恋」

キョウコはふふふと自嘲《じちょう》気味に笑った。

6

キョウコはいくら生き物が好きでも、自分の寂しさを紛らわすために、彼らを家には迎えたくないと思っている。れんげ荘は生き物を飼うのを禁止されていないし、飼おうと思えばいくらでも飼える。しかしキョウコがそれをしなかったのは、もしも自分の気持ちだけで迎え入れてしまったとき、その子たちを幸せにできるかどうか、自信がなかったからだった。

いちばんは金銭的な問題だった。貯金を取り崩しての生活なので、それがどのようになるかは予想もつかず、自分の生活費は月十万円と決めていたし、そんななかで生き物を飼う余裕があるとはとても思えなかった。相手は生きているので、物を食べるし排泄《はいせつ》もするし、飼うには準備をしなくてはならないものもある。動物病院にも連れていかなくてはならない。おまけに保険はきかないし、かといってそのために病院に行くのを控えるなんて、とてもじゃないけどできない。できる限りのことはしてやりたい。しかし自分のことすらどうなるかわからないのに、他の命を請け負うことはできなかった。

れんげ荘に住んでから、幸いにも困窮することはなかったし、こんな生活も十年以上経つと、遣う必要があるときはちゃんとお金を出し、その必要がないときは金融政策をひきしめるといった具合に、自分の暮らし方も整ってきた。この先、勤めていたときの厚生年金が支払われるようになれば、今よりも多少は懐が潤うけれども、風邪では済まないような病になるかもしれないし、加齢によって何らかの出費が増える可能性もある。

それを考えても、多少のゆとりはできるけれど、問題なのはそれと並行して自分が歳を取るという現実だった。たとえば今、子ネコを連れてきたとする。この子は特に重篤な病気になっていなければ、十五年以上は生きるだろう。そのときの自分の年齢を考えると、その子を看取《みと》ってあげられる自信がない。

誰かに後を託す考えもあるけれど、兄夫婦もマユちゃんも、自分と大差がない微妙な年齢だし、遠く離れて住んでいるケイやレイナを頼るのも難しいし、チユキさんにお願いすることもできるかもしれないが、それまで彼女がここに住んでいるかわからない。だいたい自分がいつまでここに住めるかもわからないのだ。

そんな不確定要素の多いなかで、確定している「生き物が好き」という感情だけでは、家には連れてこられない。ひとつの命を預かるのだから、自分の寂しさを紛らわすための存在ではなく、その子の個性を尊重したい。飼うのではなく一緒に生活しようと考えたら、

「やっぱり無理」

としか思えなかった。

会社のかつての同僚のなかにも、ネコ好き、イヌ好きはたくさんいた。ひとり暮らしをしている女性が、

「子ネコがうちに来たんです。とっても甘えん坊でかわいいんですよ」

と喜んでいるのを見て、キョウコは口では、

「子ネコのかわいさって、特別だものね」

といいながら、仕事は激務だし、そのなかでちゃんと世話ができるのだろうかと心配に

なっていた。プライベートでも部屋にいるよりも、外に出ているほうが多いタイプの人だったからだ。しかしみんなが写真を見て、「かわいい」を連発して盛り上がっているものだから、そこに水を差すような発言はできなかった。自分は関係ないと思いつつ、そこに子ネコの命があるかと思うと、完全に無視はできず、かといって忠告はできず、キョウコはもやもやしながら、その子ネコが気になって仕方がなかった。

そのうち彼女は彼氏ができたといって、週末は彼の部屋に入り浸りになっているという噂を耳にした。何でも開けっぴろげに話すタイプなので、彼女の行動はみんなに筒抜けになっていた。それをうれしそうに話すので、キョウコは、

「そんなとき、ネコちゃんは一緒に連れて行ってるの？」

と彼女に聞いた。すると、

「やだー、連れていくわけないじゃないですか。お留守番ですよ、お留守番」

と笑っていた。

「甘えん坊なのにかわいそうね。一人で何日もお留守番なんて」

とついいってしまったら、彼女の顔がちょっと変わった。

「うちの子はちゃんとお留守番ができるんです。御飯も三日分、置いていけば大丈夫なんです」

とキョウコにいい放った。

「ああ、そうなの」

キョウコはすべてを察して、以降、彼女の話題には関《かか》わらないようにしたのだった。しかし彼女には直接何もいわないまでも、気になっている人も何人かいて、たまたまトイレで顔を合わせると、こっそり、

「ネコがかわいそうですよね。私もああいうのはいやだなって思っていたんです。彼氏ができたから、ほったらかしってひどくないですか?」

と眉をひそめた。キョウコも小声で、

「そうなのよね。私も気にはなっているんだけど、この間、ちょっと口を出しちゃったら、不愉快にさせたみたいで。だからもう関わらないことにしたの」

といった。

「そうですか。でも何かいいたくなりますよね」

そんな話をしたところで、違う部署の女性が入ってきたので、その話はそれで終わったのだが、のちのち耳に入ってきた話によると、その彼氏に振られるとネコを溺愛《できあい》し、また新しい彼氏ができると、ほったらかしというのを繰り返しているようだった。

ネコもたまには引っかかないのかとキョウコは期待していたが、その通り、手の甲に赤い筋をたくさんつけて、彼女が出社してきたことがあった。

「引っかかれちゃったー」

といっているのを聞いて、心の中で、

（よくやった）

とそのネコに声をかけたのだった。そしてそのネコが、生まれ持った体質だったのか、病気だったのかははっきりしないけれど、ネコの平均寿命よりも、ずっと短い一生を終えたという話を聞いたとき、キョウコはものすごく落ち込んだ。飼い主の彼女のほうは、さすがに落胆はしていたが、悲しみを忘れるには、新しい子を飼うしかないので、すぐに子ネコを飼うつもりといっていたので、呆れてしまったのだった。

動物の飼い方は人それぞれなので、他人が口を挟むことではないが、子どもの育て方と同じで、弱い立場のものが辛い思いをする状況はなるべく避けてあげたい。キョウコは自分は動物には異常に甘いとわかっているが、言葉で自分のことを伝えられない動物たちの心情を、できるだけ感じ取ってあげたい。自分のやりたいことを我慢したりセーブしたりしてもだ。だいたい動物は自分と同じ寿命ではないのである。人間の平均寿命は八十年以上になっているのに、彼らは長生きをしたとしても二十年から二十五年。少しでも長く一緒にいたいのに、現実を考えると悲しくなるのだ。

しかし周囲の人たちのところには、生き物がどんどん集まってきているので、その話を聞いたり、動画や画像を見せてもらったりするのはとても楽しい。義姉の話によると、ケイのトラ様ちゃん、茶々太郎ちゃんへの溺愛ぶりは想像以上で、当初は、ちゃんと飼えるのだろうかと心配していたのに、今では、

「そんなに大事にしすぎて大丈夫なの」

というようになった。

彼はなるべく一緒にいたいので、リモートで済む仕事のときは極力家にいるのだけれど、どうしても出社しなくてはならないときがある。家を出るときには、

「身を引き裂かれる思い」

と義姉に話したそうで、

「あの子がそんなことをいうなんて、想像もつかなかったわ」

とびっくりしていた。

自分がいないときに緊急事態が起こってはいけないので、スマホと連動したペットカメラも導入済みらしい。

「それが曲者でね、仕事中も心配で、ずーっとスマホを見ているらしいのよ。いくら自分と同年配の若い人たちばかりの会社だからっていっても、それが許されるのかしら」

義姉はその溺愛ぶりを心配していた。それを彼に話すと、子どもがいる人は子ども中心でOK、親の体調が悪い人は介護に重点を置いてもOKなので大丈夫だという。彼がスマホを見て笑っていると、先輩が手元をのぞき込んで、

「年を取ってもかわいいけど、そういうときもまたかわいいんだよな」

といってくれたり、みんなが、「どんな子か見せて」といってくるのだそうだ。

「でも、あまりにかわいいから、会社を休みますっていうのは許されないわよ」

義姉が釘《くぎ》を刺したら、

「仕事に支障がなければ問題ないよ」

といっていたそうだ。日本の一般的な会社に比べ、仕事一途《いちず》に邁進《まいしん》するというよりも、プライベートも大事にするという方針なのだろう。海外の会社では以前からそういった社風があることについては聞いていたけれど、若い人たちの感覚は、自分たちとはよい方向に違っているのだと、キョウコは納得した。

そしてケイは、動物病院に彼らを連れていったら、「お父さん」といわれて、

「結婚もしてないのに、『お父さん』なんていわれちゃったよ」

とうれしそうにしているという。

「大丈夫かしら、本当に」

義姉が心から心配しているようだったので、キョウコはいった。

「それだけかわいがってあげてるんだから、トラ様ちゃんも茶々太郎ちゃんも幸せじゃないの。彼のことだから、仕事もちゃんとやるわよ。励みになっていいと思う」

「仕事が上の空になっているんじゃないかしら。こんなにトラ様ちゃんや茶々太郎ちゃん

のことばかり考えているのが続いたら、クビになっちゃうわ」

「そのくらいわかっているわよ。仕事をして家に帰ってドアを開けたとたん、おかえりーって、わーって走り寄ってきてくれたら、疲れも吹き飛んじゃうでしょう。家を出るときはちょっと悲しいかもしれないけど、仕事の面でもいいほうに影響すると思うわ」

「だといいんだけれどねえ。今のところはねえ。ネコ馬鹿、イヌ馬鹿、親馬鹿もいいとこなのよ」

義姉はちょっと笑っていた。

「それも血筋でしょう」

キョウコが笑うと、

「そうよねえ、そうだわねえ」

と義姉は、あははと笑った。子どもがいくつになっても、離れて住んでいる親としては、心配が尽きないものなのだろう。

それから義姉経由で送られてくるケイの画像は、右腕にトラ様ちゃん、左腕に茶々太郎ちゃんを抱き、ソファにゆったり座っている姿が含まれていた。家に帰ったとたんに、し

ばらくは左右の腕は彼らに固定されて使用不能になってしまうらしく、

「困ったなあ」

と嘆きながら、全然、困ってないのはみえみえだと、義姉は笑っていた。

トラ様ちゃんも茶々太郎ちゃんも、最初は自分のベッドで寝ていたのが、すぐに彼のベッドで川の字で寝るようになったのだそうだ。何てうらやましいと、思わずキョウコはつぶやいた。いくらかわいがったとしても、必ず別れがあるのは辛いところだが、これからの十数年は彼にとって、素敵な毎日になるだろうなと、キョウコは画像を眺めながら微笑《ほほえ》んだ。

結局、生活のなかで、私だけ何も増えていないのだなあとぼんやり考えていたら、コナツさんから電話がかかってきた。結婚披露会の後、画像を送ってくれたときに御礼《おれい》の電話で話して以来だった。

「ササガワさん、元気ですか。れんげ荘のみなさんも」

「うん、みんな元気。でも私はこの間、ちょっと風邪をひいたけど、すぐに治ったわ」

「あー、風邪くらいひかないと、毒素が体から出ませんからね、ひどくならなければ、全然、オッケーです」

　彼女は相変わらずだった。

「うち、やっと引っ越ししたんですよ」

　そういえば前回の電話で、両実家から援助を受けて、中古住宅を買うという話をしていたのを思い出した。

「よかったわね、これで安心ね」

「いいえ、それがもう大変なんですよ。古いのはわかっていたし、覚悟もしていたんですが、リフォームをしようとしたら、傷み方がひどすぎて一からやり直さなくちゃならなくなって。こちらも素人だから基礎のこともよくわからなくて。建て直しまではいかないけれど、それに近いような状況になりそうなんです」

　古くても基礎がしっかりとした造りの家だと、リフォームにも耐えられるけれど、彼女たちが購入した家は、基礎工事がきちんとなされていなかったという。

「欠陥住宅に近いと思うんです。晴れていても湿気がすごいし、外に出たほうが爽《さわ》やかなんですよ。雨が降るとずーっとじとじとしているし、いつまでも乾いたっていう感覚がないんです。タカダくんが壁紙を剝《は》がしたら、カビが生えていたりして、もう大変なんです。やっぱり安い物件には何かあるんですね。あたしが前に住んでいたひかり荘のほうが、何倍もましでした」

「あら、それは大変」

としかキョウコはいえなかった。結婚してこれから三人で住もうとした家が、そんな状態では気落ちもしただろう。

「住んでいて、どんな感じなの？」

「住むのに最低限必要なところは、何とかしました。子ども部屋や夫婦それぞれの部屋も、リフォームする予定だったのですが、今はそこまで手が回らないので、居間で三人で寝ています」

「まあ、それでも過ごせるんだったらね」

「ええ、でもこれから雨が多い時季になったら、いったいどうなるのかって、心配なんです。エアコンをかけ続けているのに、湿気が抜けないんですよ」

「それじゃあ、ずっとエアコンをかけ続けるしかないのかしらねえ」

「エアコンは新しく替えたので、それで何とかしのいでる感じですね。そうそう、エアコンを付け替えるとき、業者の人が『この壁、耐えられるかな』って相談しているのを聞いちゃったんですよ。エアコンを設置したら危ない壁って、どんな造りなんでしょうね。壁がベニヤ板なんでしょうか」

コナツさんはちょっと怒っていたが、またそれも楽しんでいるふうでもあり、怒り笑いという複雑な感情になっているようだった。

「お向かいに住んでいる六十代の方に聞いたら、もともと近くに沼や川があって、湿気が多い場所なので、カビが出るのも仕方がないっていうんです。その方はご両親が住んでいた家を引き継いで住んでいるっていっていましたけど、子どもたちが家を出て、夫婦二人になったので狭くてもいいから、近々、引っ越すっていってました」

「あら、そのお宅はどんな状態なの」

「お宅の中も親切に見せてくれたんですが、うちよりも築年数が古いのでひどいんですよ。お風呂《ふろ》なんてタイルの目地がカビで黒くなってて。部屋も壁がカビで黒ずんでいるのがわかるくらいでしたから」

「それは体にもよくないわね」

「たまに咳が止まらないときがあるんですって。やっぱりお買い得な家なんてないんですよね。安いなと思ったら、値段そのままの物件でした」

「環境はそうかもしれないけれど、それでも少しずつリフォームしていったら、改善されるんじゃないのかしら。何とかならない？」

「お金がかかりますからね。もしかしたら一生かかっても、完成しないかも」

コナツさんはふふふと自虐的に笑った。そんなことはないでしょうけど、とキョウコはいったけれど、次から次へと不具合が出てきたら、本当に建て替えになってしまうかもしれない。

「とにかく湿気は大変だけど、ご家族のみなさんともども体に気をつけてね」

「ありがとうございます。畳の上を歩くと、ふにゃっと気持ち悪く沈むのも怖いんですよ。どうなってるんですかねえ。床板が腐っているんでしょうか」

コナツさんは明るく笑って電話を切った。

もしかしたらコナツさんは、タカダさんに向かって、

「こんな家はいやだった」

といいたいのかもしれない。しかしやっと両家、特にタカダさんの実家のお父さんが心を開いてくれ、援助をしてくれたのに、その家に対してタカダさんに愚痴をいうのは、さすがの彼女もできなかっただろう。家の不満を誰かに愚痴って、それで気が済めばいい。その相手として自分を選んでくれたことが、キョウコはうれしかった。

トラブルだらけの家でも、欲しいと思う人がいる。勤めているとき、社内結婚したカップルがいた。キョウコの直属の後輩だった女性のほうは、気に入らなかったらすぐに引っ越せるから、持ち家なんかいらないといっているのに、相手の男性が絶対に家を買うといってきかなくて困るといっていた。キョウコも、結婚する相手はいなかったが、もしそういう立場になったら、賃貸のほうが気楽なのではと考えていた。

会社の人たちがよく使う近所の店で二人でランチをしながら、どうして彼は持ち家にこだわるのだろうかという話の流れになると、彼女はパスタを巻いていたフォークの手を止め、

「結婚するとなったら、男として家の一軒くらい、持てなくてどうするっていう気持ちが

あるみたいなんですよ」

といった。

「へえ、そうなんだ。昔はよくそういう話を聞いたけれど、今でもそんな人がいるのね」

とキョウコが驚いていると、彼女は周囲をぐるりと見回した後、小声で、

「○○さんも××さんもそうだって聞きましたよ」

という。○○さんも××さんも、最近、結婚した社内の男性である。キョウコは彼らの顔は知っているが、話をした記憶はない。

「彼らと仲のいい人がいっていましたけど、『男として、やっぱり家の一軒も建てられないと一人前じゃないよな』なんて、いっていたそうです。でもローンは奥さんと共同で払うらしいんですけどね」

「それじゃ、彼だけががんばっているわけじゃないわよね」

「でもおれが主《あるじ》だ、みたいなふうにいいたいみたいですよ」

「ふーん、一国一城の主みたいな？」

「あー、そんな感じですね。いろいろな話を総合すると、まず性格の悪い男は、結婚が決

まると、結婚ができない同性に対してマウントを取る。そして次は持ち家を持っていない人にマウントを取るっていう、流れみたいです」

「はあ？」

「うちの会社、そういう人が多いそうですよ。会社の名前は知られているし、給料もいいし、変にプライドが高くて、勘違いしている人間が多いじゃないですか。男とか女とか関係なく」

「そうねえ、たしかにそういう人も多いわねえ」

「私の彼は違うと思ったんですけど、家にだけは固執するんですよ。いくら話し合ってもどうしても買いたいって譲らないんです。『それならあなた一人で買って。名義もあなたでいいから。私は同居させてもらうけど、ローンは払わない』っていったら、びっくりしてましたけどね」

彼女は笑い、××さんは自信満々で第一希望にしていた、都心の家のローン審査に落ちて、あわてて別の家を探して買ったらしいと、うれしそうに教えてくれた。彼女は半年後に彼と結婚し、宣言通り、ローンの支払いを拒否した。二人で買えば、もうちょっと広い

部屋に住めたのにと彼は愚痴をいったが、知らんぷりしていたという。キョウコが会社をやめるときも、

「こんな夫婦ですけれど、結構、仲よくやっていますよ」

といっていたのが幸いだった。

欲しいものは人それぞれだが、この古い部屋に住んでいる身としては、今の自分はとにかく気が楽だ。昔は普通に働いていれば、平均的な収入の会社員が家を持てるような世の中だったけれど、今は違う。親の金を当てにするか、節約の限りを尽くして家のローンを払い続けるか、欲しいけれどあきらめるしかない。キョウコは、

「自分の寝るスペースがあって、雨露がしのげれば、それでいいんじゃないですか」

と徒然草《つれづれぐさ》のようなことをいいたくなるが、そうはならないのが人間なのである。

素敵な自分好みの家が欲しいという人の考えは否定しないし、気に入ったものを手に入れるのは何であっても心躍る。しかし今は普通に働いて家が持てるような状況ではなくなってしまった。コナツさんも実家からの援助があるにも拘《かかわ》らず、予算もあったのだろうが、買った物件は問題ありありだ。口には出せないけれど、

「そんな家、どうして高いお金を出して買ったの？」

とキョウコは聞きたくなった。

いくら安かったからといっても、百万円、二百万円で家が買えるわけではない。桁《けた》がひとつふたつ違うのである。そしてローンも二十五年、三十年と長期になる。自分の育った家は持ち家だったし、お金の苦労もしないで育ったけれど、会社をやめるときに、一人で住むための部屋を買う気持ちは全くなかった。やっと貯《た》めたお金のほとんどがそれに消えてしまうことは避けたかったのと、部屋を借りていやになったら、すぐに移動できる身軽さが欲しかった。しかしこのれんげ荘があまりにしっくりきているので、引っ越す気はまったくないが、きちんとした家を求める人には、自分の気持ちは理解してもらえないだろう。別にそれでいいのである。自分の生き方を他人に合わせる必要なんて、相手が親であってもなくていいのだ。

兄夫婦も亡くなった母と同居で、いろいろと大変だっただろうが、母が亡くなってからは自分たちの天下である。子どもたちが家を出たかわりに、おネコさま御一行がやってきて、夫婦の生活はがらりと変わった。毎日、ネコ、ネコ、ネコである。一見、何の問題もなさそうな家庭でも、裏では人にいえない苦労もあったはずなのだ。兄は幼い頃《ころ》から母の自慢のすばらしい息子だったし、義姉も聡明で人柄もいい、キョウコから見て非の打ち所がない人だ。あの気むずかしくて意地悪な母と同居してトラブルもなく、実の娘よりもかわいがられていたなんて、よほどの人格者としかいいようがない。

トラブルがなかったのは、母がすべてを吐き出すタイプだったのに、兄夫婦はそうはしなかったからだろう。夫婦間での深刻な揉め事もあったのかもしれない。しかしその結果、母が亡くなったことで、すべてが好転した。うとまれている人間一人が亡くなったことで、周囲の人間がみんな幸せになるなんて、人生は残酷なものだ。まあそれだけのことを母がしてきたといえば、それは間違いのない事実なのだが。キョウコは母のような人間にはなるまいと考えるだけである。

同居していた目の上のたんこぶ状態だった母が亡くなり、ネコさんたちが来てくれて、毎日が楽しくて仕方がない兄と揉めていると、義姉から電話があった。ケイの状況を心配してから一週間ほど経ったときだった。母が亡くなってからの揉め事というのは、夫婦間のじゃれ合いみたいなものというのは、キョウコもよくわかっていた。その理由がどっち

が先に息子の家に行って、トラ様ちゃんと茶々太郎ちゃんを見てくるかだと聞いて、キョウコは、

「何、それ」

といってしまった。善良な義姉に、本来ならば心の中だけでつぶやこうと思っていた言葉が、つい出てしまったのだった。しまったと焦り、

「いや、あの、そういうつもりじゃ……」

とうろたえていると、彼女は、

「そうなのよ、パパも頑固でねえ、最初に自分が行くって聞かないのよ」

「でもお義姉さんも、最初に行くっていったんでしょう」

「そうなの」

ふふふと笑い声が聞こえた。夫婦二人で出かけてしまうと、誰もおネコさまたちのお世話をする人はいない。暇だから私がいってもいいんだけど、という言葉が出そうになったとき、義姉は、

「それでね、じゃんけんをしたら、私が負けちゃったの。だからパパが先に会いにいくこ

とになったのよ」

　と悔しそうだった。

「それは残念でした」

　そういいながら、キョウコは自分が留守番を買って出るといわなくてよかったと思った。息子と一緒に暮らしているネコさん、イヌさんを見に行くのは、兄夫婦の家庭の問題であって、自分から首を突っ込むことではない。もちろん彼らから、

「夫婦で出かけるから、うちに来てお世話をしてくれる？」

　と頼まれたら、喜んで行くけれども、これは私が先に口を出す問題ではないと、瞬間的に判断できてよかったと胸を撫で下ろした。

　じゃんけんで勝った兄は、

「わあい」

　と小躍りして喜び、

「うほほー」

　とわけのわからない奇声を発して喜びを爆発させていたという。

「大丈夫なの?」

キョウコは小声で聞いた。母のお気に入りの賢くておとなしい少年だった兄が、おネコさまたちに対する態度もそうだが、そんな行動をするなんて見たことはなかった。

「そうなのね、ネコさんのことになるとね。そんなふうになっちゃうのよね」

義姉はのんびりといった。

「いそいそと出かける準備をはじめて、とっても楽しそうなの。ネコさんたちにおみやげを持っていくって、大袋入りのおやつをたっくさん買ってきたの。宅配便で送ればいいのにっていったら、自分がそのおやつを持っていって目の前で鞄《かばん》から出して、あげるのが大事なポイントなのだから、どうしても持っていかなくちゃいけないっていうの。おやつをくれるおじいちゃんとして認識してもらいたいんだって」

「へえ、そんなことまで考えてるの」

「送ったら、いくらケイが『おじいちゃんが送ってくれた』っていっても、理解するわけがない。持っていって目の前で開けてあげると、自分のことを、おじいちゃんとしてちゃんと認識してくれるっていうの。それじゃ、私はどうしたらいいのって聞いたら、まあ、かわいがってあげれば、なんていって、ひどいのよ」

「全部、自分の手柄にしたいのね」

「そうなのよ、ずるいのよ」

キョウコは夫婦の間で交わされた話を聞きながら、チユキさんと交わした会話とそっくりと可笑《おか》しくなった。何と平和な夫婦なのだろう。義姉も前に話してはいたが、本当に兄夫婦は動物によって幸せをもたらされたに違いない。おネコさま御一行が来てくれなければ、夫婦の会話もなかったかもしれないし、いい歳をしたとりあえず会社では上の立場にいた男性が、

「うほほー」

と叫んで小躍りして喜ぶなんて、普通はありえない。しかしそれはすべて、自分がネコさんとイヌさんに先に会いたいがためだったのだ。

「お義姉さんたちの日常は平和ね。世界でいちばん平和な夫婦なんじゃないかしら」

キョウコが正直にいうと、彼女は、

「でもね、冷静に考えると、私たちって馬鹿だなあって思うの。もっと深刻な悩みがある

人だってたくさんいるのに、ただネコとイヌに、自分が先に会いたいからって……。夫婦でコントをやってるみたいでしょ。やっぱり馬鹿よね」

義姉は笑った。話をしていて笑う回数が多いのは平和で幸せな証拠である。

「画像や動画を楽しみにしてますから」

キョウコの言葉に義姉は、

「そうね。でもパパが帰ってきたら、すぐに私が行くから、もっといい画像や動画を撮ってくるわ。私のほうが撮影は上手なの」

キョウコは笑いながら、

「楽しみにしているから、画像をすぐに送ってね」

と電話を切った。

7

毎日、怒濤《どとう》のように、ネコさん、イヌさんの画像を送られて、それはそれでうれしく楽しいのだが、キョウコは少し疲れてきた。かわいいのは間違いないけれど、物には限度があるというのがよくわかった。

「私の脳内に隙間《すきま》をちょうだい」

今は許容量いっぱいなところに、ぐいぐいとかわいいを押し込まれているような気がする。まあ、かわいいと感じるのは自分なのだけれど、かわいいものはかわいいのだから仕方がない。でもその分量が問題なのである。ずっと部屋の中にいて、画像ばかり見ていると脳内がかわいいで満杯になりそうだったので、ガラケーを置いて外に出た。

外を歩くとやはり気持ちがいい。深呼吸をしながら、駅のほうに歩いていくと、観光らしい複数の外国人の姿をみかけた。リサイクルショップなどはいくつかあるが、他には特徴がないこの町に、どうしてやってきたのかわからない。まあどこであっても日本を楽しんでもらえればよいと、キョウコはのんびりと歩いていた。すると駅のほうから、見覚えのある体型の女性がこちらに向かって歩いてきた。しかし雰囲気がちょっと違う。もう少し近づいて、やっぱりそうだったと確信を持ち、

「クマガイさん、こんにちは」

と声をかけた。

「ああ、こんにちは」

彼女ははっと顔をあげて、いつものようににっこりと笑った。

「今日はまた、シックなお召し物ですね」

「お別れの会があって、それでこんな格好なの。いくら平服でっていわれても、ふだん私が着ているような服なんか、着て行けないでしょう。だからタンスの奥から引っ張り出してきたのよ。持っているのも忘れていたくらい」

グレーのレースのシャツブラウスに、黒のジャケットとパンツだったが、彼女が着ると

すべてが素敵に見える。

「そのようなお席用なのに、こういうことをいっちゃ何ですけれど……」

とキョウコは自分が感じたことを伝えた。

「あら、そう。それはありがとう。でもまあ、不祝儀だからね、失礼にならなければいいのよ」

とクマガイさんはさらりといった。

「あなた、時間ある？　あっ、あるわよね」

彼女は笑った。

「はい、あってあってありすぎますよ」

キョウコも笑うと、

「それじゃあ、ちょっと付き合ってくれる？　このまま部屋に帰る気になれないのよ」

と彼女はいい、脇《わき》にある路地に入っていった。キョウコが後をついていくと、そこはれんげ荘に引っ越して間もなく、クマガイさんが連れていってくれた喫茶店だった。満席かと思ったら、隅に小さなテーブルの二席の空きがあり、二人はそこに座った。

「静かな喫茶店だったのに、ＳＮＳとかで穴場って紹介されて、お客さんが増えたらしいのよ。お店はいいかもしれないけれど、昔から通っている立場としては、ちょっとねっていう感じもあるわね」

彼女は小声になった。

「そうですね、いいことも悪いことも両方ありますよね」

キョウコが店内に漂うコーヒーの香りに鼻をひくひくさせていると、彼女は、

「エスプレッソ、ダブルだな」

とつぶやいた。

「そうですか。私はブレンドにします」

キョウコがそういったとたんに、彼女は手を挙げて店員さんを呼んで、さっさと注文した。そして運ばれてきた水をひと口飲んで、

「ふう」

と息を吐いた。そして、

「何だか疲れちゃった」

と首を左右に何度も傾けた。

「お別れの会も最近は多いようですけれど、お葬式じゃないからっていっても、気持ちが楽になるわけじゃなさそうですよね」

マユちゃん以外の友人、会社のときの知り合いとは連絡を絶っているキョウコには、そういった会のお知らせは来ない。

「ここのところ、立て続けに三回もお別れの会があってね。そうか、私もそんな歳《とし》になったんだなあって再認識したわ」

クマガイさんが出席したお別れの会は、一人は先輩、一人は高校のときの同級生、一人は十歳年下なのだそうだ。

「こういっちゃ何だけど、順番だから年上の方が亡くなっても、残念だけど仕方がないなって諦《あきら》めがつくんだけど、同い年や年下になると、やっぱりぎくっとするわね。自分もその枠内に入ったってていうか。いつそんなことがあってもおかしくないぞっていう。まあ私は倒れても、運よく命拾いしたけれどね」

先輩は、新宿で遊んでいたころの仲間の男性で、五歳年上ということだけは知っていたが、その後、どんな仕事に就いて、どんな暮らしをしていたのかはまったく知らなかった。そして当時の遊び仲間の女性から、突然、彼のお別れ会の連絡があったのだという。

「記憶になかったんだけど、そのマミちゃんって呼んでた子には、連絡先を教えていたんだわね。会場に入ったら、お世話係みたいな感じでマミちゃんがいたの。何だか彼女は顔が広いのよ。みんなに挨拶《あいさつ》をしたりして。『マミちゃん』って声をかけたら、『あら、今はそんな名前で呼ぶ人なんていないわよ』っていうの。どうしてって聞いたら、本名はシゲコっていうんですって。夜の新宿で遊ぶのに、シゲコじゃ格好悪いから、勝手にマミって名乗ってたっていうの。もちろん彼女も私と同じように、今はおばあさんよ」

きっと同じような人がたくさんいたのだろうと、二人はうなずき合った。事情通のマミちゃんこと、シゲコさんの話によると、亡くなった男性は新宿の飲み屋街に住み着き、そこで雑用などをしながら、ホステスさんや飲み屋の女性の部屋に転がり込んでいた。しかし三年前から体調を崩し、お金もないので病院には入らないまま、部屋で亡くなったという。

「でも看取《みと》ってくれた女の人がいたのよ。若い頃《ころ》、飲み屋で働いていた人だったらしいけど。だから彼は幸せだったんじゃない。いやな奴《やつ》だったらとっくに放《ほう》り出されているでしょうし。最後までそばに女の人がいたっていうのは、彼の人徳なんじゃないのかなあ。お酒を飲んで騒ぐけど、陽気で女性にはとても優しい人だったしね」

クマガイさんは小さく、

「ふーむ」

といった後、また水をひと口飲んだ。

同級生は学級委員長で、とても勉強ができる人だった。偏差値の高い大学に入り、そこの大学院で知り合った男性と結婚して、子どもも二人いた。ところが半年前に突然体調が悪くなり、入院したひと月半後に亡くなったのだそうだ。

「大学院を卒業してからは、大学で物理学を教えていたらしいんだけどね。私みたいに落ちこぼれの不良が生きていて、どうしてあんなに頭がよくて、ちゃんと生きてきた人が亡くならなきゃならないのかなって。いろいろと考えちゃった」

クマガイさんはつぶやくように話した後、運ばれてきた濃いエスプレッソを飲んで、少し気持ちが落ち着いたようだった。

「こっちにも私は誰《だれ》にも居場所を教えていないつもりだったんだけど、何らかの情報をたどって、同級生が連絡をくれたのよね。とにかく高校生のとき以来だから、私もわけがわからなかったわけ。会場に行ったら、みんな私のことを見て一瞬かたまった後、『あら、生きてたのね』なんていうのよ。私の不良ぶりを知っているから、『クスリでもやってとっくに死んでるんじゃないかと思ってたわ。よかった』なんていうのよ。ひどいでしょう。たしかに酒は飲んで煙草《たばこ》も吸っていたけど、クスリは絶対にやってませんから」

　クマガイさんはきっぱりといった。

「でも同級生には、そんなふうに思われていたんですね」

「そうなの」

　声が小さくなった。

「だってそのときは好き勝手にやっていたから、おとなしく先生のいうことをきいている、あんたたちのほうがおかしいって、腹の中で呆《あき》れていたからね。でも呆れられるのは私のほうだったわけで。大福餅《もち》がたくさん並んでいるなかに、いが栗《ぐり》があったみたいなものでね。お互いに距離を置くのがいちばんよかったのよ。それでも私にも声をかけようって、捜してくれた人がいたの。学校の先生になったり、起業して社長になったりしている人も多くてびっくりしたわ。私は無職なの〜ってへらへらしていたんだけどね。おばさんっておばあさんになっても、人のことをあれこれ知りたがるのね。息子がいるっていったら、『どこに勤めているんだ』って聞いてくるから、ホテルの名前をいったら、『まあ、すごい』ってなっちゃって。でも何だかね、自分に自慢するものがないから、息子の勤め先の名前を出して褒めてもらったような気がして、あとで自分がいやになっちゃった」

「いやになることはないと思いますけど。クマガイさんが無職なのも、息子さんが有名なホテルに勤めているのも事実なんだし」

「まあ、それはね。ともかく同級生の質問攻めに遭ったわけですよ。そうしたらね、隣で泣いている人がいたの。『生きていてよかったわ。どうしているかと思ってた』っていうの。その人が私にも連絡しようって、捜してくれた人だったのね。おとなしい人で、高校生のときはほとんど話をしたことはなかったんだけど、私がどうしてあんなことをしているのか、学校に来ないのか、頭のいい人なのに、どうして勉強をしないで遊び歩いているのかを、ずっと考えていたんですって。そして世の中が嫌いになって、自暴自棄になるんじゃないかって、当時から気に掛けてくれていたらしいの。申し訳なかったな。私はその人のことなんて、これっぽっちも思い出したことなんてなかったのにね。その人に御礼《おれい》をいえただけでも、お別れの会に行ってよかったな」

またクマガイさんはエスプレッソを飲んで、ふうっと息を吐いた。

十歳年下の人は、クマガイさんが翻訳を頼まれていた雑誌で、美術関係の翻訳をしていた人で、バツイチ同士で結婚したのに、二年目に事故に遭って亡くなったのだそうだ。

「パートナーの男性が号泣していてね。本当に気の毒だった」

「新しい生活をはじめたばかりだったのに。それは辛《つら》いですよね」

「いい人だったのよ。優しくて愛らしくてね。男運が悪い人はいるけど、何も命まで取らなくてもいいじゃないね。この世に神様なんていないんじゃないかしら。残っているのは私みたいなへそ曲がりばっかり」

「私もそうですよ」

キョウコもコーヒーをひと口飲んだ。

「憎まれっ子世にはばかるってよくいったものね。まあ、私たちは世にはばかってないけど」

「そうです。隅っこで暮らしてますから」

「そういえば、姪から聞いたことがあるんですけれど、かわいい『すみっコぐらし』っていうキャラクターがいるんですってね。私たちもどちらかといったら、隅っこぐらし」

「本当です。今日も隅っこだし」

二人は自分たちが座っている席を見て笑った。

「この間、風邪をひいたとき、もしもこれが大病だったら、どうするんだろうって思っちゃったんです。今までそんなことを感じたこともなかったのに。やっぱり年齢なんでしょうか」

「病気になるとたいしたことがなくても、気弱にはなるわよね。私は倒れたときは、もう終わりと覚悟したけれど、みなさまのおかげで復帰できたのでねえ。でもこの歳になると、覚悟はできてますよ。本来ならば、どこか静かな誰も来ない場所に行ったときに事切れて、そのまま土の上で朽ちるっていうのがいちばんいいんだけど」

「いなくなったら、みんなで一生懸命に捜しちゃいますよ」

「それが迷惑をかけちゃうのよね。出かけるときはいつも、『捜さないでください』っていう紙でも置いておこうかしら」

「みんな心配しますよ」

「うーん、それがねえ、申し訳ないっていうか……。面倒くさいっていうか……ねえ。自主的にあの世に行こうとは、全然、思わないんだけど、本当に景色のいい場所でそうなったら、いいと思わない？」

「痛くも何ともなかったら、いいと思いますけど。でもうちはみんなで半狂乱になって捜すと思うんです」

「そういう方たちがいるのはいいことよ」

「クマガイさんだって息子さんがいらっしゃるじゃないですか」

「まあねえ。彼にはなるべく迷惑をかけないようにしたいけど。あとはいなくなった後の手続きをしてくれればいいかなって。とにかく自分たちの生活を第一に考えてもらえればいいわ。こっちはこっちで勝手にやるからっていう感じかな」

「でもそうもいかなくなってくるのかな、歳を取ると、なんて考えたりしたんです」

「まず老体で景色のいいところまで、たどりつけるかどうかっていう、大問題があるしね」

クマガイさんは楽しそうに笑った。そして二人は、「毎日を無理せず生きよう」ということで意見が一致した。

店が混んできたので、二人は店を出た。

「すみません、私、手ぶらで出てきたものですから」

お金を払ってくれたクマガイさんに頭を下げると、

「年長者ですからお気になさらずに」

と彼女は手を横に振った。

「チユキさんは、山に行く日にちが長くなっているみたいね」

キョウコはどこまで話していいかわからないなと躊躇《ちゅうちょ》しながら、パートナーが風邪をひいたので、その看病もあったようだと話した。

「この間、駅前でばったり会ったら、持っているマンションから出る人がいて、お金のことやら、いろいろとあるんだとはいっていたけれどね」

「話を聞いていると、借りている人も結構、図々《ずうずう》しい人がいるんですよね。自分たちが汚したのに、少しでもお金を払いたくないっていうか、文句を並べるっていうか。信じられないですけれど」

「それは大変ね。世の中クレーマーだらけっていうじゃない。少しでも自分たちが損をしたくないから、屁理屈《へりくつ》をいうんでしょうね」

「そうみたいです」

のんびり歩きながら、あれやこれやと目に付くものの話をしているうちに、れんげ荘に到着した。ちょうど入り口のところで、散歩をしていたマルチーズが催したらしく、飼い主の年配の女性がそこでさせようとしたのだが、二人が入りかけたのを見て、

「あらららら、大変、メリーちゃん、そこでしちゃだめよ。ほらほら、こっちこっち」

そういわれたメリーちゃんだが、それでどうなるというわけでもなく、腰を落とした体勢のままずるずると引きずられ、二メートルほど離れた場所で用を足していた。

「本当にねえ、すみませんねえ」

彼女は恥ずかしそうに何度も頭を下げ、後始末をして歩いていった。

「ここは催しやすい場所なのね、きっと」

「そうかもしれませんね。安心できそうな場所なので、メリーちゃんに選ばれちゃったのかも」

二人は苦笑しながら、建物の中に入った。

「よかったら来週でも御飯を食べない？　チユキさんも来られればいいんだけど」

クマガイさんが自室のドアに手をかけながらいった。

「そうですね。久しぶりですし。チユキさんにも聞いておきますけれど、いつがいいですか。私はご存じのようにいつでもＯＫなので」

キョウコがそういうと、クマガイさんはバッグの中からスマホを出した。レンズが三ついているので、新しいタイプのようだ。キョウコの視線に気がついたのか、クマガイさんはスマホを操作しながら、

「中古ですよ」

と笑った。

「でもきれいですね」

キョウコが感心していると、

「そうなの。きれいにして売られているわよ。とにかく安いのがいいわよね」

といいながら人差し指を動かしていたが、それが止まった。

「水曜日か木曜日はどうかしら。お店は私にまかせてもらってもいい？」

「もちろんです。彼女の都合がわかり次第、ご連絡します」

「はい、よろしくお願いします。それでは」

二人はそれぞれの部屋の中に入っていった。

キョウコは部屋に入って耳をすませたがチユキさんは部屋にはいないようだった。自分が知らないだけかもしれないが、同級生のなかには残念ながら亡くなってしまった人がいるかもしれない。そういう人たちがいたとしたら、ひっそりとお悔やみ申し上げるしかない。クマガイさんの年齢になると、そういったことが起こるような年回りになるらしい。八十歳、九十歳になったら、それが日常の出来事になってしまうのだろう。やる気がないわけではないけれど、会社勤めで一生ではなく、二生くらい働いた気分になっている自分としては、いつ終わりがきても、まあ仕方がないかなあと諦めている。

自分がこの世からいなくなることについては、無駄な抵抗はしないけれど、周囲の人がいなくなるほうが辛い。自分が好きな周囲にいる人たちとは、いつまでも関《かか》わっていきたい。しかし歳を取るにつれて、そうもいかなくなってくるのが、生きていることの辛いところで、どうにかならないのかと思うが、どうにもならないのが、生き物の宿命なのである。

最近はずっと生き続けられるほうが恐ろしいのではないかという気もしてきた。やはりほどほどのところで、人生から降りるようになっている。あの世に旅立つきっかけは何かはわからないが、やっぱり少しは怖い部分はあるので、それは穏やかで静かなものであって欲しいと願うばかりだ。といっても、自分が生まれる時期や場所が選べないのと同様に、亡くなり方も選べないので、すべて天に任せるしかないのだが。

そんなマイナスなことを考えていると、ちょっと鬱陶《うっとう》しいと感じていた、ネコさん、イヌさんの画像を再び見たくなってきた。義姉から送られてきた、じゃんけんで勝利し、ケイのところに行った兄の画像を見てみた。ソファに座り、満面の笑みで右腕にトラ様ちゃん、左手に茶々太郎ちゃんを抱っこしているのはいいが、抱っこされている二匹が、遠い目をした無表情なので、キョウコは噴き出した。突然、やってきた見知らぬおじさんが、おいしいおやつをくれたにしても、大喜びしながら抱っこしようとしてきたら、

「何？　だれ、この人」

とびびるのは当たり前だろう。ただ本能的に悪い人ではないというのはわかったようだが、まだそこまで心を開いていないというのが、彼らの表情を見てわかった。

他の画像を見ても兄ははしゃいでいるが、トラ様ちゃん、茶々太郎ちゃんは淡々としていて、テンションが上がっている様子はない。それどころかトラ様ちゃんを抱きかかえて、兄は満足そうに笑っているが、当のトラ様ちゃんのほうは、両手をつっぱって密着を拒絶している。

「無理やりやっているんじゃないでしょうね。嫌われるわよ」

キョウコは呆れてつぶやいた。義姉からも、

「パパのほとばしる情熱は、からまわりしているようです」

というひとことが添えられていた。はしゃぐ兄、無表情のネコさん、イヌさんという、何ともいえない関係性に、

「もう少し考えろ」

とキョウコは、画像のなかの目尻《めじり》が下がりっぱなしの兄に向かってつぶやいた。

それからはいつものケイとネコさん、イヌさんの画像が送られてきていたが、五日後から は義姉《あね》が加わった画像が大量に送られてきた。

「今度はお義姉《ねえ》さんが行ったんだな」

と眺めていると、彼女は兄と同じようにソファに座っていても、トラ様ちゃんは首に抱きつき、茶々太郎ちゃんは膝《ひざ》の上でまったりしている。兄のときのように無表情ではない。彼らもうれしそうに安心しきっている。

「本能的にわかるのねえ」

キョウコは感心した。兄も悪い人ではないとわかっているが、まだそこまで気を許せるまでにはいかないと、彼らは判断したのだろう。義姉からのひとことには、

「パパがこれを見て、『態度が全然違う』と怒ってました。自分が悪いのにね」

とあった。彼女も自分の勝ちを確信したに違いない。他の画像も、二人が義姉に力を抜いて体を預けているのがよくわかった。息子宅のネコさん、イヌさんに好かれたで賞は、

間違いなく義姉だった。

　ケイからは、

「笑った」

　とひとことだけ添えられた画像が送られてきた。廊下にトラ様ちゃんと茶々太郎ちゃんの食器と水入れが、それぞれ並べて置かれていて、彼らがそこで御飯を食べているショットだった。ちゃんとよそ見しないで自分の分の御飯を食べられるようになったという。そして一緒に写っていたのは、廊下に正座をしてうれしそうにそれを見ている兄、義姉の姿だった。体格も性別も行った日も違うのに、その座り方も首の傾《かし》げ方もたたずまいも、そっくりだった。

「へええ」

　兄夫婦の外見はまったく似ていないが、長く夫婦を続けていると、こんなところが似てしまうのかと、キョウコは驚きつつ画像を眺めていた。兄も義姉も廊下にぺったりと正座をして、優しい目で食事風景を眺めていた。

　義姉が家に戻ってきたところを見計らい、大量の画像の御礼をいった。

「正座、そっくりだったわね」

とキョウコが笑うと、

「そうなのよ。びっくりしちゃった。やあねえ。本当に。本当にいやだわ」

と義姉はいやがっていた。

「でもみんな、お義姉さんのほうに懐いていたみたいだし」

「そうなのよ、そこが違うところでね。顔を合わせて名前を呼んだら、すぐに走り寄ってくれてね。膝の上に乗ってきたのよ」

とうれしそうだった。ちなみに兄が姿を現したときは、一時間、姿を見せなかったらしいと、勝ち誇った口調になった。

「本当にかわいい子たちでね。ケイもちゃんと面倒を見ていたから安心したわ。というか、すでに家来になっていたわね。ネコさん、イヌさんのほうがいばっていたもの」

あのケイが、これがいいのか、あれがいいのかと、こまめに動いては彼らが満足するように、気を配っていたという。

「家にいるときは、そんなことしなかったから、びっくりもしたけれど、これでいいんだってほっとしたわ。相手が何であっても、思いやる習慣がつけばね」

「それはそうよ。リリちゃんは家族で飼っていたけれど、今回は彼一人で責任を負わなくちゃいけなくなるからね」

「そうなの。だからすごいわよ、気配りが。私たちに対しては何もないけどね。とにかくトラ様ちゃん、茶々太郎ちゃん第一なのよ」

念願の面会も果たせたし、画像もたくさん撮れてよかったねと、キョウコは正直にいった。

「そうね。冷静に考えると、やっぱり馬鹿みたいだけどね。でもね、うれしかった、うふふ」

義姉は楽しそうに笑っていた。きっと自宅のトラコさん、チャコちゃん、グウちゃんたちに画像を見せながら、

「これは新しく親戚《しんせき》になった、トラ様ちゃんと茶々太郎ちゃんよ」

などといっては、

(何いってるんだ、ママさんは)

とげげんな顔をされているに違いなかった。

チユキさんは毎晩、帰りが遅かった。深夜に近い時間帯なので、それからお隣を訪ねて予定を聞くことはできず、キョウコは耳をそばだてて様子をうかがっていた。運よく昼前に彼女が物干し場に姿を現したので、クマガイさんからの話を伝えた。

「クマガイさん、いるかな」

と部屋の窓をのぞいてみたが、あいにく外出しているようだった。

「あー、そうなんですか。久しぶりにたっぷりお話ししたいんですけれど、水曜日も木曜日も先約があって。他の日も着衣モデルの仕事や不動産会社とのあれこれが入っていて、どうしても時間が取れないんです。いいなあ、行きたいなあ」

チユキさんがとても悔しそうにしているので、かえってキョウコのほうが、申し訳なくなってきた。

「急だったから、ごめんなさいね。またこういう機会もあると思うから」

「そうですね、いえ、こういうときに時間が取れない私がだめなんです。せっかく声をかけていただいたのにごめんなさい。クマガイさんにお会いする機会があったら、私のほうからもお詫《わ》びしておきます」

背の高いチユキさんが、体を小さくして何度も深くお辞儀をして頭を下げるものだから、キョウコは気の毒になってきた。

「あなたはまったく悪くないんだから、お詫びはしなくてもいいのよ。あまり深刻に考えないでね」

「いいえ、私にとっては深刻な問題ですよ。せっかくのお誘いなのに。マンション、不動産関係の好きでもないおやじと会食っていうのが、二件もあるんですよ。あーあ、本当にねえ。ついてないなあ」

キョウコは嘆くチユキさんを慰めつつ、また近々、こういう機会を作ってもらいましょうと慰めて、やっと彼女の気持ちも落ち着いたようだった。肩を落としている彼女の背中をさすりながら、

「また一緒にお食事しましょう」

と声をかけると、

「はい」

と泣き笑いみたいな表情でチユキさんはうなずいた。

クマガイさんにチユキさんの話をすると、

「あらー、気の毒なことになっちゃったわねえ。でもあちらも用事があるのだったら、仕方がないわね。今回は二人でということにして、あまり時間が経《た》たないうちに、スケジュールを調整して、三人で会うことにしましょうね」

と大人の判断をした。

「そうですね、そうしましょう」

お店はクマガイさんが選んでくれるというので、キョウコはただクマガイさんからの連絡を待っていればよい。

「時間はめちゃくちゃ空いてるのにお店はおまかせで、私、全然、役に立っていませんね」

「いいの、いいの。そのときできる人がやれば。もしかしたらあなたが知っているお店って、接待向きの、怪しい個室があったりする、そういったお店ばかりじゃない？　そういう店をたくさん知っているのが、使える社員なんていわれた時代よね。ひどい話」

クマガイさんにそういわれて、キョウコは当時を思い出した。

「その通りです。もう、母屋と渡り廊下でつながっているような部屋とか、裏からこっそり出入りできる場所があるとか、まあ、変な店ばかりでしたね」

「今はどうなっているのかしら、そのお店」

「さあ、どうなんでしょう。いつになってもそういう店って需要がありそうですよね」

「でしょうね、使う人がいるからね」

老化現象なのか自主的に忘れようとしたのかはわからないが、どの店も設《しつら》えなどは断片的に覚えているけれど、店名などは忘れていた。ひんぱんにあちらこちらの店を使っていたので、その場所にそういう設えの部屋があるかどうかもはっきりしなかった。でも今の自分はそれでいいのだ。いつまでもあのような時代を覚えている必要はない。そんな話をクマガイさんにすると、

「何でも覚えている必要なんてないの。自分がいやな思いをしたことばかりを覚えている人っているのよね。早く忘れたほうがいいのにって思うんだけど、そのいやな事をまた、反芻《はんすう》しちゃって、何度も暗い気持ちになってるの。楽しいことならいいけど、いやなこと

を何度も思い出したって仕方がないじゃない。いやなことだけど、ちゃんと覚えておくべきものもあるかもしれないけど、ほとんどは忘れたほうがいいものばかりだったって、今になって感じるのよ。同じ牛ならおいしい草を反芻したほうが、精神的にも肉体的にもいいものね」

といわれ、キョウコは、

「私もおいしい草だけを反芻する牛になりますっ」

と唐突に宣言して、クマガイさんに笑われた。

8

クマガイさんが選んでくれた店は、亡くなった年下の方と、ランチに行ったという洋食店だった。感傷的になって選んだわけではないと、彼女は何度も繰り返したので、キョウ

コは、

「クマガイさんもそのお店が気に入られたんですよね」

と穏やかな口調で話すことにした。

「彼女はそのお店の常連だったらしいの。私は一緒に三回くらい行ったかな。カジュアルなお店だから、ドレスコードなんて心配しなくていいからね」

服の所有枚数が少ないキョウコに、クマガイさんは気を遣ってくれた。

「大丈夫です。いざとなったらクマガイさんにいただいた、エミリオ・プッチの素敵なチュニックと自前のパンツがありますから。リサイクルショップで三千五百円で買った、バッグと靴のセットも、義理の姉からもらったパールのイヤリングもあります」

キョウコが胸を張ると、彼女は、

「あら、お大尽」

と笑った。そして、

「本当にカジュアルなお店だから」

と何度も念を押して、店の地図と電話番号を書いた、手書きのメモを渡してくれた。

「私たちってアナログね」

といった後、

「じゃあ、来週」

と部屋に入りかけた。

「本当に何から何まですみませんでした」

キョウコが頭を下げると、彼女はにっこり笑って手を振った。

それからチユキさんと顔を合わすたびに、

「いいなあ、私も行きたいなあ」

と身をよじっていうものだから、気の毒になった。

「クマガイさんもお店も逃げないから。ねっ、またの機会に」

と慰めても、必要だけれど気の乗らないおやじとの会食が苦痛だと訴えてくる。

現在、お世話になっている不動産業者とチユキさんは、まあうまくいっているほうだといっていたけれど、その各所にある不動産店の統括本部のおじさんが、どうしても彼女に会いたいといってきたのだそうだ。たしかに若い女性で、都内のマンションのオーナーとなったら、相手としては興味を持つだろう。最近は不動産が徐々に値上がりしているので、それに関する魂胆もあるのかもしれない。しかし最初はそんな思惑などはみじんも見せないものなのだ。彼女がただでさえいやがっているのに、ますます気分を落とすような情報を耳に入れてはいけないと、キョウコは頭に浮かんだ諸問題については黙っていた。

「私が何度も、この程度のお話なら、メールや電話でも十分じゃないですかっていっても、『いやいや、ちゃんと会ってお話ししたいんですよ』なんていうんですよ。それも笑いながら」

「そういう人っているの。若い女性と御飯を食べたいのよ」

「まったく、もう。どうしてあっちの希望に合わせなくちゃいけないんでしょうか。それって対等じゃないですよね。下手に出ているようで、実際は自分の我を押し通そうとしているんです」

「それが一部のおじさんの仕事のテクニックなのよ。それと同時に自分の好奇心も満足させようっていう下心」

「ううっ、いやだー」

と胸を押さえてうめいた後、チユキさんは鼻から大きく息を噴き出して不満をぶちまけた。

「あなたは大家さんで、不動産を持っているのだから、俗世とのお付き合いも仕方がないのよ。不動産を持っているのは、まったく悪いことじゃないけれど、そこにはいろいろな人の思惑がからんでくるからね」

キョウコが再び慰めると、しばらく彼女は黙っていたが、

「そうですよね。いやだとか、会いたくないとかいい続けたって仕方がないですものね。仕事の話と割り切ります」

ときっぱりといい、

「おじさんの手練手管に巻き込まれないように、気合いを入れて会ってきますっ」

と語気を強めた。

キョウコは勤めているときに、そんな仕事相手のおやじたちにいやというほど会った。女性を前にするとにやついて本当に気持ちが悪かった。そしてこちらが冷たい態度を取ると、突然、機嫌が悪くなり、企画しているこの仕事がなくなってもいいのかなどと脅して

きたりもした。そのたびにキョウコは信頼できる数少ない男性の先輩や同僚に相談して、彼らからおやじに話をつけてもらった。すると男性に対しては急に腰が低くなり、それは彼女の勘違いだろうなどといい出し、キョウコが悪いことになっていた。それを知った女性社員のなかには、キョウコがいつも男性を頼っているなどと陰口を叩《たた》く人がいた。そのくせ当人は仕事相手の男性と、平気で遊んだりするタイプだった。どいつもこいつも本当に扱い難《にく》い人種ばかりだった。

「私たちの食事会とそのおじさんの食事会を比較するからうんざりするけれど、その日はおじさんに会うっていうことだけ考えましょうよ。私たちはいないことにして。あっちの食事会に行ってたら……なんて思ったら、いやになるに決まってるから」

「本当にそうですよね。わかりました。おじさんに会うときには、申し訳ないけれど、クマガイさんとキョウコさんとのことは忘れるようにします」

「はい、そうしてください。そして自分のいいたいことは、相手が誰であっても、はっきりといわなくちゃだめよ」

チユキさんは、

「いつまでもぐずぐずしている私の話を聞いてくださって、ありがとうございました」

と頭を下げて出かけていった。

「いってらっしゃい」

れんげ荘の前で、キョウコは遠ざかる彼女の背中を眺めていた。

クマガイさんもいろいろと感じるところがあるだろうなと、部屋に戻ったキョウコは、ベッドにもたれながら考えた。自分やチユキさんを誘ってくれたのはとてもうれしかったが、そうしなければ一人で抱えきれないほどの、ダメージがあったのかもしれない。もしも自分がそうなったらどうだろうかと想像してみた。縁起でもないが、突然、マユちゃん、義姉、ケイがたて続けに亡くなったとしたら、自分の精神状態が乱れに乱れて、どうなってしまうかわからない。心が痛むどころではない状況になるだろう。

しかし兄がそうなるのを想像しても、彼らよりは落ち着いていられそうな気がする。それは幼い頃からの彼を知っていて、途中からは離れて暮らすようにはなったものの、優しい彼とはいつも心がつながっているような気がしているからかもしれない。体はなくなっても、どこかにいる兄と精神的につながっている気持ちになれるような気がしている。母に関しては、早くいなくなってくれないかと願っていたところもあり、葬儀のときには涙が出たけれども、それは母への想《おも》いではなく、早くいなくなればいいなどと願ってしまった自分に対して、情けなくて泣いてしまったように感じる。後から思い出して、あんなに嫌いな人だったのに、涙が出たのは一生の不覚だったけれども、どういう涙であれ、流したことは悪いことではなかったはずと、自分を正当化してみた。

「私ってやっぱり腹黒い？」

親に対してそう願うなんて、やはり自分は母の理想の娘にならず、事あるごとに延々といわれ続けた、「出来の悪い子」なのだろう。でもそんな子でも、他人の目さえ気にしなければ、それなりに生きていけるのだ。今の自分は母の下にいたときよりも、会社に所属していたときよりも、何十倍も何百倍も幸せだ。

「クマガイさん、どんなお店を選んでくれたのかな」

急に楽しくなってきた。

彼女が予約してくれたレストランには、いただいたエミリオ・プッチのチュニックではなく、ここに引っ越してくるときに、どうしても処分できなかった、シンプルなシャツとパンツに、パールのイヤリングをしていった。バッグはドレッシーすぎるので、別のものにしたが、靴はセットのものを履いてきた。靴を変えただけでも、雰囲気が違ってくる。それにスカーフを肩にかけて出かけた。

彼女の手書きの地図は完璧《かんぺき》だった。まるでナビゲーションシステムのように、スムーズにキョウコを住宅地の奥のほうにある店に連れていってくれた。誰かが、その人の地図の描《か》き方で、頭のよさがわかるといっていたが、まさにお手本のような地図だった。その店はコンクリート打ちっ放しの立方体のような形で、入口の横には大木があり、完璧にではなく、ほどよく手入れをされた植栽や、花の鉢植えが並んでいて、とても感じがいいたたずまいだった。ドアを開けると、こちらもまた感じのいい小柄な中年女性が応対してくれた。

「クマガイさん、いらしてますよ」

「えっ」

キョウコが焦ると、彼女もあわてて、

「あっ、そういう意味ではなくて、今日はお約束の時間よりもずいぶん早く来てくださったの。ごめんなさい、余計なことをいって」

「いえいえ、そうだったらほっとしました」

クマガイさんは部屋の隅のテーブルに座っていた。店内を見渡すと、他にひと組、クマガイさんと同年配の女性二人がオムライスを食べていた。

「お連れ様がいらっしゃいましたよ」

女性の声に、

「ああ、どうも」

とスマホを見ていたクマガイさんは、上目づかいになって眼鏡をはずした。いつもひっつめにしている白髪《しらが》の髪の毛を、ゆるくまとめ髪にしていて、とても雰囲気が素敵なマダムになっていた。そしてふだんは見たことがない、深い紫色のネイルが光っている。

「やっぱり隅っこですね」

キョウコが笑うと、

「そうなのよ。私たちにぴったりだから。どうも部屋の真ん中っていうのは落ち着かなくてね」

と彼女は小声になった。

「お待たせしてしまったようで、申し訳ありませんでした」

キョウコが時計を確認すると、約束の六時の十分前だった。

「私が早すぎたの。ここに来る前に、ちょっと買い物をしていたんだけど、すぐに終わっちゃってね。喫茶店に入ろうかとも思ったけど、そうだ、ここは五時半から開いているんだったって思い出して、開店五分前で準備中なのに入れてもらっちゃったのよ。ふふふ」

笑うと髪の毛がよりふわっと動いて、ますます素敵だ。

「そうだったんですか。クマガイさん、ヘアスタイルがとってもお似合いです」

「あら、そう？　部屋にいるときは面倒くさいから、いつもひっつめだし、裸じゃまずいから、体に布きれを巻き付けてるっていう感じだからねえ。いちおう外に出るときには気をつけるようにはしてるけれど」

「ネイルの色もとてもきれい」

「そうね、色が深くていいなと思って。もっとおばあさんになっても、こういう色を塗っていても素敵よね」

「そうですよね、若い頃は意外に似合わないかも」

「若い人は自分の爪《つめ》がきれいなんだもの。手を加えなくても十分素敵なのよ。私なんかだんだん手が汚くなってきて、甲には茶色い点々が出てくるわ、血管は浮き出てくるわで、惨憺《さんたん》たる有様なんだけど、こまめにハンドクリームを塗ったり、ネイルをしたりすると、ただの自己満足かもしれないけど、少しはましになったような気持ちになるのよ。他人から見たらわからない部分なんでしょうけれどね。歳を重ねるにつれて、外に出るときは気を遣わないとだめね。私が子どもの頃なんか、夏になると町内に、上半身裸で下は腰巻きひとつ、なんていうおばあさんがいたものね。怖かったなあ、あれは」

「えっ、上半身裸って、どの程度ですか」

「何もつけてないの」

「それじゃ、丸見えじゃないですか」

「そうなのよ。あっ、でも団扇《うちわ》は持っていた気がする。それで人が通ると胸をちょっと隠すの。でも垂れてるから、どっちみち見えちゃうんだけどね」

「羞恥心《しゅうちしん》とかモラルとかは……」

「当時はそんなのなかったんじゃない。すごいわよね、今の日本でそんな格好で家の外に出るおばあさんなんていないでしょう」

「それは通報されますね」

「私もこの歳になってはじめてわかったんだけど、たまに朝起きて、何だか面倒くさいなあって思うときがあるのよね。でも家にいるときはともかく、外に出るときもすべてが面倒くさくなっちゃうと、本当に生きているのが面倒くさい人になっちゃうから。だからちょっと気張ってね、自分に気合いをいれて、他人様《ひとさま》から見て見苦しくないように」

「全然、見苦しくないですよ」

「あなただって今日は、パールのイヤリングをしているし、面倒くさくなんかしていないじゃない。そして、ほら、靴も」

クマガイさんがキョウコの足元に目をやった。

「いつものジャガイモと違うでしょう」

キョウコが威張ると、

「ジャガイモじゃなくてスニーカーっていってあげなさいよ。靴がかわいそう」

とクマガイさんが笑った。でもふだんはそればかり履いているので、現状はほとんどジャガイモみたいな形になっているのだ。

「年寄りになるにつれて、身なりに気を遣うのは大事なことだわね。私も年上のそういった方々を見ると、気持ちがいいもの」

クマガイさんはグラスに入った水を飲み、

「さて、何にしますか」

とメニューをキョウコに見せた。サラダ、コンソメスープ、コロッケ、グラタンなど、なじみのある洋食メニューが並んでいるのがうれしい。

「どれもサイズが小さめだから、あれこれたくさん頼めていいのよ。小サイズっていうもあって、これはもうちょっと小さくて、五分の三くらいの量かな」

クマガイさんの言葉を聞きながら、キョウコはメニューを凝視して、「ハーブのサラダ」「ポテトコロッケ」「カニクリームコロッケ」「エビグラタン」を注文した。クマガイさんは「野菜サラダ」「オムライス小」「ポークカツレツ小」「グラタン小」だった。こちらも小ぶりらしいが、店で焼いているパンがサービスでついてくるのもうれしい。

「町には必ず家族で経営している、洋食店があったものだけれど、今は見かけることもなくなっちゃったわね」

彼女がしみじみといった。

「今は洋食が食べたくなったら、ファミレスに行くのかもしれませんね」

「ああ、ファミレスね。たくさんメニューがあるって聞いたけど」

「そうなんです。何でもあるみたいですよ」

「それで値段も安いとなったら、みんな行くわよね」

キョウコはメニューを眺めながら、そういえば母は、コロッケを作ってくれなかったのを思い出した。とにかく作るときに手が汚れるおかずを嫌っていたようで、卵にくぐらせて、そこにパン粉をつけてなどという作業があるものは、作らなかったような気がする。だからハンバーグもフライ系も家では出なかった。唯一、鶏《とり》の唐揚げだけは、手ではなくすべての作業を箸《はし》でつまみながら作っているのを見た記憶がある。母の作るものは何であっても絶対だったので、献立にも味にも文句はいえなかった。兄がそういったものを食べたいというと、商店街の精肉店が作っているものを買ってくるか、近所の洋食店に食べに行っていた。

するとキョウコの心の中がクマガイさんに伝わったらしい。

「私はね、コロッケをよく買っていたな」

彼女の実家は喫茶店を営んでいて、親は店で適当に食事をしていたようだが、クマガイさんが小学校から帰って店に顔を出すころには、給食を食べたのにすでにお腹《なか》がすいていた。店でも食べさせてもらえたが、いつも同じものばかりで飽きたと文句をいうと、コロッケを買っておいでと小銭を持たされた。精肉店の店頭で揚げているコロッケを一個買って帰ると、店でささっとキャベツの千切りを作り、それをバターを塗った二枚の食パンの上に敷いて片方にコロッケをのせ、その上にとろっとしたソースをかけたら、もう一枚の食パンを重ね、急ごしらえのコロッケサンドを作ってくれた。それがとてもおいしくて、しばらくは店のメニューにない、「コロッケサンド」を食べていたという。キョウコもコロッケサンドの思い出が蘇《よみがえ》ってきた。

「ソースがコロッケの油と混ざって、パンにしみているのが、またおいしいんですよね。高校生のときによく学食で買ってました」

「そうそう。あれだと、ふだんは邪魔っ気だなと思う付け合わせのキャベツの千切りも、これがなくちゃだめって思うくらい、とてもおいしく感じるのよね。ああいうのはたまに食べたくなるわ」

二人それぞれのコロッケの思い出をいい合っていると、サラダが運ばれてきた。クマガイさんのサラダはオーソドックスなキャベツ、レタス、ブロッコリー、トマト、ニンジン、ラディッシュなどが入ったものだったが、キャベツの千切りがあまりに細くカットされているのにキョウコはびっくりした。

「まるで刺さりそうなキャベツでしょう。これがシェフの腕なんでしょうね。ドレッシングもシンプルなのにとてもおいしいの。オリーブオイルと塩の質がいいんでしょうね。そういうところに手を抜いてないところが好きなのよ」

そういいながらクマガイさんはサラダを口に運んだ。

キョウコのサラダには、クレソン、ルッコラ、ディル、チャイブ、イタリアンパセリ、セルフィユ、レッドケール、スピナッチ、バジルが入っていた。なぜハーブの名前がわかるかというと、勤めているときにレストランの宣伝広告の仕事をしたことがあり、店で提供している料理の写真撮影にも立ち会った。そのとき材料は何なのかを記さなければならず、何度も聞くのは先方に失礼なので、メモに葉の形状などを描いておき、ハーブの本を購入して、一度で覚えるようにしていたのだった。

様々な葉っぱの味がシンプルなドレッシングでまとめられて、とてもおいしい。

「ハーブサラダもおいしいわよね。私はずっとそれを頼んでいたから、今日は変えてみたの」

「これ、本当においしいです。いくらでも食べられちゃいそう」

「そのうえ食べていると、体がすっきりしてくるような気がするし、またお腹がすいてくるのよね」

「そうです、不思議」

和食のバランスのよさはよくいわれるけれど、洋食もよく考えて作られているとキョウコは感心した。

二人がサラダを食べ終わったのを見計らったように、揚げたてのコロッケが運ばれてきた。小さな籠《かご》に入った、六切れのパンも運ばれてきた。キョウコが好きな、中にレーズンやナッツが入っているハードパンだった。コロッケは見るからにおいしそうなキツネ色、茶トラのネコの茶色でもある。ぱくっと食いつくと、口の中を火傷《やけど》しそうだったので、そっと真ん中にナイフを入れた。ほわ〜っと湯気が立ち、ほくほくしたジャガイモが見える。

「ソースをかけなくてもいけるわよ」

クマガイさんにそういわれて、試しにそのまま食べてみたら、その通りにおいしかった。カニクリームコロッケも中がとろりとして、口に運ぶと体の奥から、温かい幸せの玉がわきあがってきた。エビグラタンもエビが大きくぷりぷりしていて、ホワイトソースもとてもまろやかでおいしい。

「すべてがおいしいです」

「そう、よかった」

クマガイさんは小サイズの、オムライス、ポークカツレツ、グラタンを次々に口に運んでいた。

「主食にオムライス、おかずにポークカツレツ、その合間にグラタンを食べるっていうのは贅沢《ぜいたく》ね」

本当にそうだと、キョウコは深く同意した。そして自分の目の前の、ほぼ空になりそうなお皿を眺めながら、

「乳製品が多いですね。不足していたのかなあ」

とつぶやきながら、パンに手を伸ばした。炭水化物も多めなのは間違いない。

「年齢的にはまずいのかもしれないけれど、何年かに一度、揚げ物ばかりを食べたいときがあるわ」

オムライス、ポークカツレツを完食し、最後にグラタン征服にとりかかっているクマガイさんが、そういいながら大きくうなずいている。今日は腹回りのことは気にしないで、楽しんで食べようと、キョウコはパン二切れを食べ、エビグラタンの最後のひと匙《さじ》を口の中に入れた。料理の皿もパンの籠もすべてが空になった。

食事が終わってひと息ついていると、案内してくれた中年女性が、

「こちらもいかがでしょうか」

とにこやかに笑いながら、デザートのメニューを持ってきた。

「すばらしいタイミング」

クマガイさんが彼女を褒め、

「何にしようかな」

といいながら、キョウコにもメニューを見せた。ああだこうだと二人で相談して、結局、二人ともデザート盛り合わせ三種とコーヒーになった。

「はああ」

クマガイさんは穏やかに笑いながら、幸せの見本のようなため息をついた。

「辛い日もあるけど、こういう日があってもいいわよね」

キョウコは立て続けに不幸があった彼女の心中を察して、

「もちろんですよ」

と力を込めていった。クマガイさんは以前、倒れたときには、これで自分の人生は終わりと覚悟を決めたのに、運よく元の生活に戻ることができた。そしてそうなったら、自分はもう終わりと思ったことなんて、いつの間にか忘れてしまった。ところが今回の不幸続きで、自分の周囲から一人、また一人と、人がいなくなるという現実に、考えさせられたという。

「生きているものは永遠に生きられるわけじゃないって、それはわかっているけれど、少しずつ知った人がいなくなっていくわけでしょう。もしかしたら誰かにとって私がそうなるかもしれないんだけれど。若い頃はそうでもなかったけれど、この歳になるとね、ひたひたとそれが忍び寄ってくるっていうか、次はあんただよっていわれているような気もしてくるのよね。わかっているとはいいながら、まあ、いい気持ちはしないわよね」

彼女は顎《あご》の下で両手を組みながら、淡々と話した。いちばん複雑な思いを抱えているのは、自分と同じような前期、後期の高齢者といわれる人たちかも、という。

「自分のときはどうかと考えても、まだ達観できていないのよね。いつでも迎えに来いって胸を張っていうわけにはいかないのよ。次は自分じゃないかって不安に感じること自体、受け入れていないっていうことだから。物が欲しいとかはもうないんだけれど、生きる欲はまだあるわけね。でもそれがいちばん難しいじゃない。いくら自分が生きたいと思っても、そうはいかない場合もあるんだから、ねえ」

アンティークのかわいい花柄の皿にのせられた、すべてお店手作りのプリン、チョコレートアイスクリーム、キューブ型のケーキといった、デザート盛り合わせ三種と、コーヒーが運ばれてきた。量がたっぷりあるので、キョウコは面食らったが、甘すぎないので、するすると体の中に入っていく。

「こういうおいしいものを食べながら、する話じゃないけど」

クマガイさんは苦笑した。

「でも誰にでも訪れることですから」

キョウコはおいしいといいながら、アイスクリームを口に運んだ。

「そうなのね、どんな人にも平等に訪れることだからね。世の中って不公平のかたまりみたいだけど、これだけは平等にやってくるものね。最近、図々しくて傲慢《ごうまん》ないやな年寄りをたくさん見るんだけど、『ああ、こいつも死ぬんだな』と思ったら、許せちゃうのよね。ふふっ。でもそいつより先にあの世には行きたくないけど」

クマガイさんは笑いながら、今度は五センチ角ほどのキューブ型のケーキを指さし、

「これ、スポンジケーキをホワイトチョコレートで固めたものなんですって。あんな柔らかいスポンジを、こんなにシャープにカットできるなんて、すごいわよね」

としげしげと眺めていた。

「いただいてみます」

キョウコがフォークで縦にカットすると、中央にジャムが挟んであるのが見えた。外側の固柔らかいようなチョコレートと、中のふんわりとしたスポンジケーキが相俟《あいま》って、ほどよい甘さでとてもおいしい。いくらでも食べられそうだ。自分の体と相性のいい食べ物は、いくらでも食べられるような気がしてくる。

「これが十個入りで売られていたら、私、買っちゃうな」

クマガイさんが食べながらいった。

「いやあ、それは危険ですね。目にしたら私も抵抗できないかも」

最初は大きいような気がしたが、食べ終わるともっと食べたくなるケーキだった。プリンは濃厚だし、チョコレートアイスクリームも、苦みが利いていて大人の味だった。濃いめのコーヒーとの相性は最高だった。

「幸せだけど、体の重さや腹回りがどうなっているかが怖い……」

キョウコがつぶやくと、クマガイさんは、

「そうねえ、辛いわよね。でもおいしいものを食べたときは、ただ、おいしいって喜んでいるだけでいいんじゃない。不安が頭をもたげてきても、根性で押しつぶす。でもいつも喜んでばかりいると、後から大変なことになりそうだけどね。たまには反省が必要よね」

といった。その通りだとキョウコはうなずいた。ただ反省をしただけでは、腹回りが小さくならないのが悲しい。またがんばって近所だけではなく、ちょっと離れたところまで散歩をしないと、増えた分は減らせないだろう。

しばらく二人は黙って、ちらりと周囲に目をやったり、店内の観葉植物や花を眺めたりと、食事の余韻に浸っていた。いつの間にか店は満席になっていた。クマガイさんの顔を見ると、いつもとはちょっと違う表情のように見えた。

「自分の最後の日って、いつ来るかわからないじゃないですか、よく、悔いがないように毎日を一生懸命に生きるっていいますけど、そんなふうに生きられるものでしょうかねえ」

この場の話題としてはふさわしくないような気もしたが、彼女の表情を見て、出てしまった言葉がこれだった。口から出た言葉は、もう元には戻せない。

「うーん、そうねえ。一生懸命に生きるのって辛くない?」

クマガイさんが笑って返してくれたので、ほっとした。

「私なんか、だら〜っとして、あれをやろうかな、これをやろうかなと考えてはいながら、何もできないときもあるもの。だらしがない毎日ですよ。それでも穏便に過ごせればいいんじゃないかしら。自分がやろうとしてできなかったことがあっても、また明日にすればいいわって。それで明日がこなくても、それはそれでいいのよ」

「そうですよね。だらだらしていても、私には何かをしなくてはならない責任なんてないし」

「私もだけど、あなたがやらなくてはならない責任は、生きるっていうことだけですよ」

クマガイさんは笑っていたが、ちょっと涙ぐんでいるようにも見えた。

亡くなった年下の同僚のことを知っているはずのお店の中年女性も、彼女についてはひとこともいわなかった。初対面の自分がいたので遠慮なさったのかもしれないとキョウコは思った。チユキさんへのお土産に小さな缶入りのクッキーを買い、ドアを開けて外に出ると、空に大きな月が出ていた。

「月ってものすごくきれいに感じるときと、冷たくて寂しく見えるときがあるわね」

クマガイさんが空を見上げてぽつりといった。

本書は書き下ろし小説です。

著者略歴

群ようこ（むれ・ようこ）
1954年東京都生まれ。77年日本大学芸術学部卒業。本の雑誌社入社後、エッセイを書きはじめ、84年『午前零時の玄米パン』でデビュー。その後作家として独立。著書に「れんげ荘物語」「パンとスープとネコ日和」「生活」シリーズ、『無印良女』『びんぼう草』『かもめ食堂』『ヒガシくんのタタカイ』『ミサコ、三十八歳』『たかが猫、されどネコ』『いかがなものか』『子のない夫婦とネコ』『こんな感じで書いてます』など多数。

Kadokawa Haruki Corporation

群 ようこ

しあわせの輪《わ》　れんげ荘物語《そうものがたり》

*

2024年1月18日第一刷発行

発行者 角川春樹
発行所 株式会社 角川春樹事務所
〒102-0074 東京都千代田区九段南2-1-30 イタリア文化会館ビル
電話03-3263-5881（営業） 03-3263-5247（編集）
印刷・製本 中央精版印刷株式会社

ISBN978-4-7584-1455-5 C0093
http://www.kadokawaharuki.co.jp/